追梦阅读

长征的故事
名师导读

萧飞 编著

中国·武汉

图书在版编目(CIP)数据

名师导读.长征的故事/萧飞编著.—武汉:华中科技大学出版社,2019.9(2025.7重印)

(追梦阅读)

ISBN 978-7-5680-5532-1

Ⅰ.①名… Ⅱ.①萧… Ⅲ.①革命故事-作品集-中国-当代 Ⅳ.①I217.2 ②I247.81

中国版本图书馆 CIP 数据核字(2019)第 169174 号

名师导读:长征的故事
Mingshi Daodu:Changzheng de Gushi

萧　飞　编著

策划编辑:阮　珍　田金麟
责任编辑:阮　珍　田金麟
封面设计:孙　黎
责任校对:张会军
责任监印:朱　玢
出版发行:华中科技大学出版社(中国•武汉)　　电话:(027)81321913
　　　　　武汉市东湖新技术开发区华工科技园　　邮编:430223
录　　排:华中科技大学惠友文印中心
印　　刷:武汉科源印刷设计有限公司
开　　本:710mm×1000mm　1/16
印　　张:10.25
字　　数:120 千字
版　　次:2025 年 7 月第 1 版第 21 次印刷
定　　价:25.00 元

本书若有印装质量问题,请向出版社营销中心调换
全国免费服务热线:400-6679-118　竭诚为您服务
版权所有　侵权必究

"追梦阅读"丛书编委会

主　　编：刘玉堂
执行主编：张　硕　黄德灿
策　　划：靳　强　亢博剑

"追梦阅读"丛书编辑部

主　任：亢博剑　靳　强
副主任：阮　珍　李娟娟
成　员：田金麟　曹　程　沈剑锋　康　艳
　　　　孙　念　江彦彧　朱媛媛　林凤瑶
　　　　肖诗言　刘　丽　赵　丹　郭妮娜
　　　　徐小天　刘巧月

出版说明

本套"追梦阅读"丛书共收录了24部作品,分为3个主题——榜样力量、红色经典、岁月成长,以"名师导读"为丛书特色,由华中科技大学出版社出版。

此次出版只在处理文字讹误等方面做了必要工作,以尽量保持经典作品的语言风貌及其所处的时代特征。如有疏漏,望读者指正。

"追梦阅读"丛书编委会

2019年8月

总 序

如果有一种信仰要让全世界共同坚守,那只有阅读。如果读书成为我们的信仰,我们就可以少一份轻浮、空虚,就可以始终保持一种超现实的心态,保持一种向理想进发的热情。

为什么全国上下掀起了一个读书热潮?那是因为读书能帮助我们明确人生方向,开拓我们的视野,陶冶我们的性情。我们能从经典里认识到一个新的自我,在成长的岁月里有一个学习的榜样,在书中探索到生活真正的意义,知道我是谁,从哪里来,要到哪里去,从而找到通往精神家园的路径。

读书是一个庄严的仪式,阅读是一个"追梦"的历程。这套丛书带领我们走进"红色经典",在"岁月成长"中找到"榜样力量",享受一次精神旅行。"导读"帮助读者了解作者、写作意图和写作背景,同时也帮助读者了解一本书的内容及其影响,领会今天的社会价值观念的核心。

无论是可歌可泣的《长征的故事》,还是《荷花淀》《铁道游击队》《两个小八路》《小英雄雨来》的抗日事迹,乃至抗美援朝战争,都揭示了一个真谛:人类的精神一旦被唤醒,其威力将无穷无尽。没有苦菜花开的艰难岁月,没有志士仁人的流血牺牲,就不能走向胜利,就没有锦绣山河、可爱的中国的诞生。有多少英雄从《童年》出发去探寻人生之路,《闪闪的红星》曾照耀着整整一代人去寻找光明。翻开《红色家书》看看吧,每一页都记录着革命先烈的远大理想、浩然之气。从李四光、竺可桢、陈景润到钱三强、钱学森,爱国、奉献、拼搏、创新的精神在科学家们身上体现。从吴孟超身上我们看到的是一个大写的爱,从赵君陶身上我们知道严师慈母的仁,从焦裕禄身上我们明白什么叫立党为民。我们为什么要"向雷锋学习"?读读《雷锋日记》,我们要学习的是为人民服务、无私奉献和钉子精神。每一个人心中都有一个英雄偶像,幸福的花为勇士而开,赞赏坚毅的牛虻的奥斯特洛夫斯基告诉我们钢铁是怎样炼成的。

我们希望在"经典"阅读中吸取精神营养,在"成长"的过程中沿着正确的方向追寻自我,对照"榜样"的故事明确使命和担当,在新长征路上不忘初心,"追梦"不止,走向远方,创造诗意人生。

刘玉堂

湖北省社会科学院原副院长

华中师范大学特聘教授、博士生导师

· 名师导读 ·

永远走在长征路上

一个个破衣烂衫,衣服五颜六色,一个个瘦骨嶙峋,有的光着脚板,有的穿着草鞋,像群叫花子,不如老百姓。这就是到达陕北的中央红军。长征的亲历者,曾经担任过新四军秘书长的革命家李一氓在回忆中这样描述真实情状。陕北人民看见来了这支队伍,也感到很是迷茫:这就是中央红军?全部红军出发时,总人数约20万,最后到达陕北,只剩下不足5万人,牺牲15万人,平均四个人中只剩一个人。中央红军,平均十二个人就有十一个人牺牲。两万五千里长征每走300米,倒下一位红军。他们究竟是一群怎样的人?他们究竟经历了怎样的磨难?他们为什么被迫赶来到陕北?他们是如何生存的?翻开《长征的故事》,你会明白一切。那是一条怎样的道路,长征?

我们今天读到的这些故事,并不全是作家笔下的创作,也有的是长征的亲历者,是长征的见证人。

徐特立,参加长征,表现了老英雄的大无畏的革命气魄,因为1934年10月,他已经是57岁的高龄。刘亚楼,1934年10月,随红一方面军主力长征,曾任红一军团红二师政委,率部为中央红军踏开血路前行,一路斩关夺隘,突破四道封锁线、抢渡乌江、智取遵义、飞夺泸定桥、强渡大渡河、爬雪山、过草地、攻占腊子口、翻越六盘山、再占吴起镇。彭雪枫,在长征中,两次率军攻占娄山关,直取遵义城,横渡金沙江,飞越大渡河,进军天全城。郭滴人,1934年10月,他以顽强毅力,战胜肺病折磨,参加长征。贾拓夫,1934年10月参加长征,在陕北革命者中,他是唯一从江西中央苏区走向陕北,又参加长征全过程的原籍陕西的人,任红军总政治部白军工作部部长,并负责为部队筹运粮食。不用一一列举了,他们既是讲故事的人,也是长征途中有故事的人。

有人(尤其是今天的年轻人)或问,红军为什么要长征?那是因为,第五次反"围剿"全局性失败,红军不得不进行战略退却,开始长征。著名英国传记作家、历史学家菲力普·肖特在1999年出版的《毛泽东传》中表达的看法非常鲜明:"1934年10月,当蒋介石的部队为了扼杀他们而推进包围圈时,共产党领导内部在极其痛苦地争论了几个月之后,红军放弃了他们的根据地,开始绝望的冒险,以避免全面的失败。他们穿越中国两万五千里的艰苦跋涉,后来被赞美为'长征',这是逆境中的胆量、无私的纪律和不屈不挠的意志的史诗般的标志。那时候,这件事被说得更富有新意,称为'战略大转移',不久又说是向西部进军。至于当时的计划就是一个,向湖南西北前进。因为在那里,当地的军阀一直提防蒋介石的野心,不愿与蒋介石合作,红军到那可与另一股共产党的力量会合,创造一个新的中央红色根据地,以代替他们正在丧失的这一个。"也许还有很多种原因,但是肖特的判断很有代表性。这是重大的战略退却决策,并不是赢得战争先机的胜利进军,这是一场革命与反革命的殊死搏斗,是胜是负,是死是生,没有谁能准确预测前途命运。但是,红军是什么?是创造人间奇迹的军队,是共产党领导的铁军!

美国记者斯诺向读者热情推荐他的《红星照耀中国》时提醒:"读者可以约略窥知使他们成为不可征服的那种精神,那种力量,那种欲望,那种热情——凡是这些,断不是一个作家所能创造出来的。这些是人类历史本身的丰富而灿烂的精华。"斯诺认为,与红军长征相比,公元前2世纪西方战略之父汉尼拔翻越阿尔卑斯山的进军,不过是一次轻松的假日远行。

下面我们还是读一读这本《长征的故事》吧,你会认为斯诺的评价很恰当,并不过分,你会知道什么叫作惊天地、泣鬼神!

吃饭。吃饭是一件大事,没有吃饱饭人还能做什么事情?可是长征中,红军一直要与饥饿抗争。没有吃的,杀军马、吃野草,为了大家的安全,张思德主动尝毒草中毒昏死过去,半天不醒。草地上能吃的东西都被先行部队吃光了,后面的部队就把牛皮斗篷、皮带、前面部队啃光的牛羊骨头、凡是能吃的东西全部吃尽。有人把随身带的纸张咽下去充饥,有人甚至吃牦牛粪。总算走出草地,部队到了甘南,找到许多大豆,一个多月没吃过一顿饱饭的战士们狼吞虎咽,结果有的人被活活胀死,只是为了饱餐一顿……

穿衣。衣服总该保暖才行,可是长征中缺衣少食,必须与寒冷抗争。一个叫小胡的饿得前胸贴后背,穿得又单薄,用年轻瘦弱的身体抵御着雪山的寒冷。把食物都让给了别人的指挥员已经奄奄一息,用尽最后一点力气颤巍巍地从自己头上摘下军帽,递给小胡,还指指脚上的鞋要小胡带走前行。大部分红军战士从南方北上,不耐寒,也根本没有御寒的棉衣,遇上暴雨或风雪,就仿佛浑身被针扎。一次在夜间派出去一个班担任警戒任务,第二天全班战士冻死,没有活下来一个人。

住宿。人又饿又累,谁都渴望能休息一下,可是长征中休息是在与死亡斗争。曾有一名女炊事员,背着口大铁锅爬雪山。她实在累极了,就在山顶上坐下来休息,人们发现她时她保持着背着铁锅的姿势一动不动,原来她在睡梦中被冻死,再也醒不过来了。战士们都知道,过雪山时不能停,只要一停,就要被冻成冰雕之人。翻岷山时,一路上都是冻死的同志：有的两两抱在一起，有的嘴里还有半块干粮……

　　行军。这不是一般的行军，这是在绝境中寻找一条道路生存。被雪覆盖的山路不知何处是地，何处是沟，战士们只能踏着前面人的脚印，一步一步缓慢前行。你知道吗？翻越海拔四千九百多米的大雪山夹金山，到处是耸立的岩壁，山峰十分陡峭难行。山上长年积雪，根本找不到路径。一不小心就会摔下万丈深渊，因为下了雪，刮了风，路面就结成又厚又滑的冰层。有战士从山上直接滑了下去，有的被风雪和冰雹打落山崖下，许多同志还来不及反应，再也没能爬上来，长眠在这片冰天雪地，从此无人知道他们的姓名……草地，就像一个张着大口的恶魔，吞掉了多少红军战士，这茫茫的草地，没有给他们留下墓志铭。一个红军的脚趾在过雪山时被冻坏了，为了跟上行军队伍，不拖后腿，她从老乡家借来斧头，毅然把溃烂的脚趾砍掉。这个人就是藏族女红军姜秀英。

　　关爱。一个名叫姜福义的小红军，才12岁，差不多是今天读六年级的小学生的年纪。过草地时，姜福义个子小跟不上，在泥泞的草地上深一脚浅一脚，刘克先营长特别批准他，走路时可以拉马尾巴前进。寒冬腊月，一位老妈妈还穿着天热时的单衣，怀里搂着一个小孩。小孩也穿得很单薄，两人缩在路边冻得瑟瑟发抖，嘴唇发青，眼看着双双都要没了性命。问明情况眉头紧锁的首长立即从怀里掏出几块干粮，递给老妈妈。这位红军首长，就是伟大领袖毛主席！首长们把自己的坐骑骡马让给伤病号骑，年轻力壮的同志和首长们也争着背伤病员的弹药武器。尽管如此，在艰苦的翻越中，还是有不少同志失去了生命，长眠在皑皑雪山里。你知道"半条被子"的故事吗？在纪念红军长征胜利80周年大会上，习近平总书记向广大党员干部讲述了这个故事。他在会上强调："什么是共产党？共产党就是自己有一条被子，也要剪下半条给老百姓的人。"

纪律。红军在长征那样艰苦的过程中,"三大纪律八项注意"就像是法律。从首长到下面的小士兵,没有一个不遵守这条铁律。贺龙的部队借了老百姓十几个蒸钵,买一个新的替换坏掉的那一个,为让老百姓收下,他们想尽千方百计。最早由红十五军编曲并先唱起来的《三大纪律八项注意》,为什么迅速在全军传唱?其中的原因不需要多想,红军打胜仗,依靠的最重要的一条就是纪律,谁不知道"革命军人个个要牢记"的意义?

意志。敌我力量悬殊,寡不敌众,但明知是一场生死战,第三十四师全体红军没有一个退缩,他们决定为革命打尽最后一颗子弹,流完最后一滴鲜血。在战役快结束的时候,陈树湘已经多处受伤,衣服都被鲜血染红,尤其是腹部的伤口,鲜血汩汩地流淌满地。敌军将昏迷不醒的他用担架架着,打算抬去县城当人质。路上,他悠悠醒转,发现自己已被俘,为了不让自己被利用,他乘敌不备,将手从腹部的伤口伸进腹腔,忍着剧痛掐断自己的肠子,年仅29岁的生命就这样牺牲了,在长征路上书写了悲壮的一笔。

乐观。大家实在是走不动了,战士们饿得太厉害,连长、指导员看在眼里:"同志们,我们大家烧水、吃干粮,停下来休息。"可是战士们都清楚,哪里有什么干粮可充饥?但大家还是到处找柴火烧水,对于饥肠辘辘的肚子来说,能喝点水也是很好的。队伍里有个排长,名叫杨长万,趁大家烧水喝时,把帽子上缝衣服的针拿下来,在火中烧了烧,然后弯成一个小鱼钩,悄悄到河边,钓上来三条鱼。看到钓到的三尾草鱼在脸盆里游来游去,大家都兴奋得跳起。杨长万大手一挥:"咱们今晚改善伙食,喝鱼汤!"热烈的掌声在草地上空回荡,久久不息。不一会儿水就开了,嫩白的鱼肉在锅里翻腾,大家围着锅坐着,开心不已。

信念。20岁左右的小郑,病情再次恶化,已经不行了。临终前,他用微弱的声音对杨成武说:"政委,我不行了,感谢您对我的照顾。我相信党的事业一定会胜利!革命一定会胜利!……"话音未落他的呼吸已越来越急促,他用尽最后一点力气说完剩下的话:"希望党的路线胜利,革命快胜利。胜利后,如果有可能,请告诉我家里,我是为执行党的路线,为了革命的胜利牺牲的!……"正是因为大家都有像他一样革命必胜的信念,红军们才能坚韧不屈地征服草地、雪山、敌人,取得最后的胜利。

著名美国记者、作家哈里森·索尔兹伯里,1984年以76岁高龄、第一次完整地沿着红军长征路线进行了深度访问。索尔兹伯里认为:"本世纪中没有什么比长征更令人神往和更为深远地影响世界前途的事件了。""有信念的部队战无不胜。"索尔兹伯里动情地说:"阅读长征的故事,将会使人再次认识到,人类的精神一旦唤起,其威力是无穷无尽的。"(《长征:前所未闻的故事》北京联合出版公司出版)还有一位名叫武大卫的以色列军人,他2005年3月从江西瑞金出发,沿着当年红军长征的路线行进,坐汽车,再步行,历时138天,到达陕西吴起镇,穿越雪山草地,参观战场旧址,采访近百名老红军。70岁的武大卫,激动万分:"这次长征之行,让我知道了什么样的军人才是真正的军人,才是能够打胜仗的军队,才是代表人民利益的军队。"(引自央广网)他号召世界各国军人学习红军精神,表达了对中国红军的无限崇敬。

毛泽东在《论反对日本帝国主义的策略》报告中,高度评价了红军长征的意义。他满怀激情地说:"长征是历史纪录上的第一次,长征是宣言书,长征是宣传队,长征是播种机。自从盘古开天地,三皇五帝到于今,历史上曾经有过我们这样的长征吗?十二个月光阴中间,天上每日几十架飞机侦察轰炸,地下几十万大军围追堵截,路上遇着了说不尽的艰难险阻,我们却开动了每人的两只脚,长驱二万余里,纵横十一个省。请问历史上曾有过我们这样的长征吗？没有，从来没有的。长征又是宣言书。它向全世界宣告，红军是英雄好汉，帝国主义者和他们的走狗蒋介石等辈则是完全无用的。长征宣告了帝国主义和蒋介石围追堵截的破产。长征又是宣传队。它向十一个省内大约两万万人民宣布，只有红军的道路，才是解放他们的道路。不因此一举，那么广大的民众怎会如此迅速地知道世界上还有红军这样一篇大道理呢？长征又是播种机。它散布了许多种子在十一个省内，发芽、长叶、开花、结果，将来是会有收获的。总而言之，长征是以我们胜利、敌人失败的结果而告结束。"

正如毛泽东所说，长征是播种机，后人收获的是长征精神。如果说在当时的情况下，我们不能不进行长征，长征精神是在恶劣的条件下被逼而生，那么在解放战争时期解放军却处于顺境，打败国民党，难道不是因为始终保持长征精神？抗美援朝战争打破了美帝国主义不可战胜的神话，难道不是因为有一种长征精神？新中国成立以后建立起工业基础，制造出核弹卫星，改革开放令世人瞩目，难道不是因为有一种长征精神？

长征精神是一笔宝贵的财富。坚定信念，不怕牺牲，团结一致，勇往直前，艰苦奋斗，纪律严明，这是保证我们革命和建设事业走向胜利的强大精神力量。今天建设社会主义现代化强国，坚持和发展中国特色社会主义，也面临重大挑战、重大风险、重大矛盾和重大阻力。我们应继承和发扬长征精神，把长征这份宝贵的精神财富变成推动我们前进的巨大动力。红军长征的路是艰苦的、漫长的；新长征的路可能会更艰苦、更漫长。因此，我们要永远保持长征精神，勇于变革、勇于创新，永不僵化、永不停滞，为实现中华民族伟大复兴，开始新的长征，永远走在长征路上。

黄德灿

目　录

半条棉被　　/1

张思德尝毒草救人　　/3

拉着马尾巴走　　/5

一个"红小鬼"的成长　　/7

几块干粮　　/11

通讯员和嚼了三天的牛皮　　/13

贺龙智还蒸钵　　/15

为苏维埃新中国流尽最后一滴血　　/18

半碗青稞面　　/20

金子中的金子　　/23

小宣传员　　/27

歌曲《三大纪律八项注意》　　/29

一顶红军帽　　/33

翻越夹金山　　/35

杀了六匹骡子　　/41

跟着"红胡子"去长征　　/43

丰盛的"鱼汤宴"　　/46

救命的笛子　　/49

巾帼英雄　　　/51

朱德的皮带　　　/57

五叔留下的口令　　　/61

300多名病号　　　/64

假团长　　　/67

三过草地，两遇鬼门关　　　/70

望兵桥　　　/73

受重伤12次的"小鬼"　　　/77

一支人参　　　/80

长征中的医院　　　/83

渡乌江　　　/88

娄山关前后　　　/99

广西瑶民　　　/112

瓦布梁子　　　/115

附录一：长征路径　　　/120

附录二：长征中的经典战役　　　/121

附录三：长征中的重要会议　　　/135

本书编写过程中引用了多位老红军的新闻访谈资料,特此鸣谢。

半条棉被

1934年11月,红军长征翻过罗霄山脉,来到湘粤赣边界的汝城县。

长征途中,按惯例,红军们会和衣睡在屋檐下、空地上,有时也会住在热心村民们的家里。一天暴雨,天气又冷,村里的徐大娘看到战士们的衣服都被冰凉的雨水湿透了,心疼不已,赶紧让其中三位女红军睡到自己屋里。

徐家家贫,屋子里除了基本的床、桌子,什么也没有。这就算了,11月的深秋,屋子里却连一床御寒的棉被也没有。但屋子至少有顶,可以遮风避雨,比外面已经舒服多了。三位女红军不迭声地感谢着徐大娘。

徐大娘满脸歉意地说道:"家里穷,没有被子,你们就将就一下吧。"

为了轻装行军,三位女红军中也只有一人带着棉被。她们把这床棉被拿出来,对徐大娘说:"您说的什么话,我们感激都来不及呢!不过我们也只有一床棉被,大家挤在一块儿睡吧,还暖和!"

于是当晚,三位女红军就和徐大娘一起,挤在一张床上,合盖一条棉被。徐家的男主人就睡在屋外的草堆上,守护着她们。

接下来的几天，三位女红军都住在徐大娘家里，和她同吃同出入，帮她做农活儿。晚上，四人挤在同一床被子里，聊聊天，在愉快的对话中入睡。

几天后，红军队伍要拔营离开，三位女红军和徐大娘皆是万分不舍。徐大娘把叠好的棉被抱给女红军，依依不舍地说道："孩子们，路上好好照顾自己，别着凉！"

三位女红军坚决不肯带走："棉被就留给您了。您年纪大，扛不住冷，就让这床棉被代替我们陪着您吧！"

徐大娘也坚决不肯拿，四人僵持不下。

突然，其中一位女红军灵光一闪，转身进屋去拿了把剪刀，让另外两位女红军把被子扯着展平，从中间"刺啦"一声剪过去，一床棉被被剪成了两半。

这位女红军笑着对徐大娘说："大娘您看，这样一来，我们就有两床棉被，正好一人一床。"说着她们把两"条"棉被都叠好，把其中一"条"硬塞在徐大娘的怀里。

"是啊，是啊，这样我们都不用冻着了！"另一位女红军也跟着劝道，"等革命胜利后，我们一定要送您一条完整的新棉被！"

徐大娘感动得眼泪在眼眶里打着转，她不想再拒绝这样的深情，收下了这一半棉被。

她抱着棉被，耳边一遍遍地回响着女红军"胜利了我们就来看你们"的话语，嘴里喃喃道："一定要胜利啊，你们一定会胜利！"

虽然之后，徐大娘都没有舍得盖那半条棉被，但她无论碰到多大的困难，只要一想起它，浑身就充满了力量，充满了希望。

张思德尝毒草救人

红军又要过草地了!这是红军队伍第三次征服草地。

过草地不仅意味着环境艰险、气候恶劣,草地上也没有"路",红军战士们只能在草丛和泥泞中穿行。

最可怕的是,在草地上意味着缺衣少食,无数红军战士将年轻的生命留在了草地上。

进入草地半个月后,队伍就面临了断粮的危机。朱德总司令的坐骑都被分给士兵们吃了,但还是杯水车薪。

无可奈何之下,组织号召大家"尝百草"。

茫茫草地,野草遍地,但其中毒草丛生。能找到可以充饥又无毒的野草固然可喜,但万一吃到有毒的草,轻则呕吐腹泻,重则丧命。因此"尝百草"是一项很危险的行为。

但张思德不怕。为了让同志们填饱肚子又不用冒中毒的风险,他勇敢地担起了这项任务。

当时张思德在队伍中担任通讯班班长。由于他在过去的战役中受过伤,还没有完全康复,加上长途跋涉,他的身体十分虚弱。但即使如此,尝百草时,他总是冲在别人前面。

据张显扬将军回忆,有一次,部队在一片水草丰美的沼泽旁驻扎,沼泽四周长满了各种茂盛高大的水草。如果这些野草可以吃,那么晚上的晚餐就有着落了。

这时,一个小战士突然指着水塘边惊喜地叫起来:"野萝卜!野萝卜!"

说完就冲上前去,张思德跟在他后面,发现离水塘不远的地方果然长着一丛丛野草,像极了萝卜叶子。小战士扯下一大把,就往嘴里塞。张思德赶紧上前拦住了他,从他手里拿过"萝卜叶子",放进自己嘴里,仔细地咀嚼着。

叶子又苦又涩,绝对不是萝卜叶该有的味道。但已经迟了,张思德觉得自己开始头昏脑胀,四肢发麻,接着肚子也绞痛起来。他把手指伸进喉咙催吐,过了一会儿就呕吐起来。

吐光了胃里不多的食物,中毒的症状总算慢慢消退了一点。他有气无力地对蹲在自己身边焦急不堪的小战士说:"快,不要管我,赶紧去通知别的同志,这草有毒,千万别吃……"说完,他就昏了过去。

小战士飞快地跑去告诉大家这草有毒的消息,没有第二位同志因为误食这种草而中毒。

好在,张思德服下卫生员喂给他的药后,也苏醒过来。他这种舍己为人的行为,得到了朱德司令的高度赞扬。

拉着马尾巴走

姜福义参加红军时,才12岁。因为从小家里穷困,没有吃过一顿饱饭,他刚参军时,站得再笔挺,也没有一支步枪高。

因为年龄最小,身体也瘦弱,组织便安排他在后方当看护员,照顾前线负伤的同志。

有一次,他负责照顾重伤员刘克先营长。刘营长因在战斗中被子弹击穿腰部,行动不便。起初,就连大小便也要姜福义帮忙。他们结下了深厚的革命情谊。

一起过草地时,姜福义个子小跟不上,泥泞的草地又特别难行,所以刘克先营长特别批准他,走路时可以拉着马尾巴,省些力气。

直到有一次休息,刘营长给他讲了个关于战马的故事。

之前一次过草地,红军又遇上了没有食物的难题。这是他们在草地上必然会遇到的问题。野菜、草根,甚至士兵的皮带都被煮来充饥了。但茫茫草地似乎没有尽头,而能吃的野菜、草根都已经被前面的部队吃光了。

到了弹尽粮绝的时候,红军们纷纷饿倒在草地上。

万般无奈之下,刘营长决定杀掉战马,给士兵们充饥。他咬着牙杀掉战马,切碎煮熟,但士兵们却说什么也不肯吃。

因为在长征过程中,战马是红军战士们最亲密的朋友,有的战马甚至救了一些战士们的命。让他们吃掉自己的好朋友续命,他们不干,说什么也不干。

刘营长只能下死命令:"每人必须吃一块马肉。不吃,按军法处置!"士兵们这才端起碗,眼含热泪,不舍地吃掉那一块块珍贵的肉。

刘营长也很不忍心,但他没有办法。因为只有吃掉这些马肉,才有更多的同志能活下去。而多活下去一个人,就为革命多保留一枚火种。

但他自己却没有吃,一块肉也没有吃。

听完这个故事,除非极度疲劳,姜福义再不肯拉着马尾巴走。在上坡路时,他再也没有拉过马尾巴一次,生怕把它们累着。

一个"红小鬼"的成长

1933年,红四方面军经过四川达县。宣传员告诉杨征鹏,在革命队伍里,女孩子也可以读书学习做大事。于是14岁的她,毫不犹豫地报名参军,还叫上了另外七个小姑娘和她一起参加了红军。

这些十几岁参加红军的孩子被称作"红小鬼"。

她被分到医院。两年后,她在医院当上了护士。因为长征需要医护人员,她又毫不犹豫地报名参军,穿着单衣破草鞋,开始了她的长征路。

一望无际的水草地荒凉、泥泞,缠绕的水草能随时吞噬人。16岁的"红小鬼"杨征鹏,咬着牙不让自己倒下。实在走不动,随身行李全部扔掉。唯一不能扔的,就是枪和抢救伤员需要的盆。

草地上的草很深,水很深,泥泞不堪的路,脚长期在里面浸泡会变得红肿。但这样的草地,"红小鬼"杨征鹏来回走了三次。

过了草地又遇上大河。河上没船也没桥,水流湍急。组织派工兵泗水过河,在河对面的山头打了桩,系上粗绳,架起了一座"桥"。但这座桥不能用脚走,只能让手紧紧抓在上面,身体悬挂着涉水过河。

士兵们一批批地攀绳过河。轮到杨征鹏时,她好不容易走到河中央,突然一阵急流涌过,绳子断了!40多名同志掉进水里,瞬间被急流冲走。眼睁睁看着同志们消失在水中,杨征鹏又心疼又害怕,她自己也在水里沉浮,并没有脱离险境,水已经漫到了她的胸口。

这时,军需处长果断找来三头骡子,命令她和其他数名女战士趴在骡子身上,她们这才捡回一条命,艰难地过了河。

草地、大河、雪山,"红小鬼"杨征鹏见了太多同志走着走着就倒下去,再也没有站起来。

但就是在这样的艰苦考验下,凭着党的教导和指挥,凭着坚定的共产主义信念,凭着对党的赤诚之心,杨征鹏历经千辛万苦走到三军会师地,从一个稚嫩的小丫头,成长为一名经受住了各种考验的红军女战士!

长征时期的小红军战士,俗称"红小鬼"。

几块干粮

1934年,红军长征到了贵州边远山区剑河县。地如其名,这个地方当时真可谓风霜雪剑。

当时,国民党抓丁加税,地主逼租要债,本就困难的日子,在这个冬天显得更加难过。在饥寒交迫中死去的群众,数不胜数。

红军军队行进到剑河城附近一个苗族村寨时,遇到一位苗族老妈妈。寒冬腊月,这位老妈妈还穿着天热时的单衣,怀里搂着一个小孩。小孩也穿得很单薄,两人缩在路边冻得瑟瑟发抖,嘴唇发青,眼看着双双都要没了性命。

有士兵见状,马上上前去查看情况。这时,一位身材高大的首长也走了过来。首长气场强大,却态度谦和。他弯下身子,听老妈妈哭诉自己的遭遇。

原来这位老妈妈,儿子被国民党抓了壮丁,她和儿媳妇辛辛苦苦一年收成的粮食又全被地主征去。她和儿媳妇只得带着年幼的小孙子四处乞讨,没讨到多少吃食,如今又赶上朔风寒冬,他们却连一件御寒的冬衣也没有。又饿又冻,实在是活不下去了。

老妈妈带着哭腔说完,听得眉头紧锁的首长立即从怀里掏出几块干粮,递给老妈妈。旁边有士兵想上去阻止,还未张口,被首长一个手势拦了回去。要知道,当时红军自己的粮食也是很紧缺的。不仅如此,首长还脱下了自己身上的毛衣,亲手披在小孩子身上。

老妈妈和小孩接过干粮,看了一眼,猛地塞进嘴里,大大地咬了一口,都没怎么咀嚼就咽了下去。他们又急急地吃了几口,很快就把干粮吃完了。

补充了能量,他们这才站起身来。老妈妈伸出生满冻疮的双手合在胸前,用苗语颤声说道:"救命恩人啊,我咋报答你们啊!"老妈妈眼睛里流出两行泪,抬头感激地看了眼首长,又扭头对她身边的孙子说:"快跪下,给恩人们磕头。"说着就要和孙子一起俯下身去。

首长伸出手拦住他们,他心疼地看着孩子面黄肌瘦的小脸,又扭头对老妈妈说:"老人家,你记住,我们是红军,红军是穷苦老百姓的军队。"

他叫身边的一个红军小卫兵再拿两袋白米和一床床垫来,一起送给老妈妈。老妈妈推辞了很久,终于还是抽噎着收下了。

"红军,红军……"老妈妈嘴里念叨着这几个字,带着小孙子慢慢往家走去。

这位首长目送着老妈妈回去,脸色很沉重,对身边的士兵们说:"我们从这位老妈妈身上看到的,绝不是她一家的遭遇,而是我们灾难深重的祖国的缩影。我们的祖国,就是这样陷入了饥寒交迫的地步!祖国和人民这样,那么我们的任务呢?我们的任务,就是要从水深火热之中,把我们的祖国和人民解救出来。这个任务是艰巨的,也是光荣的!"

说完,首长头也不回地往前走去,脚步更加坚定了。士兵们呆呆地看着远去的首长,猛然也点点头,坚定地追了上去。

这位红军首长,就是伟大领袖毛主席!

通讯员和嚼了三天的牛皮

1931年8月,贺龙率领红三军打到湖北沔阳县(现仙桃市)。当时,红三军的警卫营通讯员是洪湖赤卫队儿童团团员胡守富。他是贺龙到沔阳县时批准参军的,参军时才13岁。

当时因为年纪小,他被军队拒绝过一次。但是他不死心,再次报名。被他的执着打动,贺龙亲自批准他入伍。

因为表现良好,胡守富一路从通讯员做到通讯班班长、排长,几乎天天与贺龙等军领导在一起。贺龙一高兴,就会用烟斗轻敲他的头。

1935年,胡守富与贺龙一起参加了忠堡战斗。战斗结束后,国民党师长张振汉穿着士兵服,混在俘虏群里。

有一天,贺元帅突然让胡守富把一个又高又胖的家伙叫到跟前。被点名的那个家伙耷拉着脑袋,脖子上还流着血。贺龙告诉胡守富,这就是张振汉,胡守富吓了一跳。

一次战斗中,胡守富受了伤,一颗子弹从他的左大腿根部打进去又穿出来。有人提议将他寄放在老乡家中养伤,但贺龙不同意:"这个小鬼不能留下,要抬走。"

带着一个伤兵上路要多很多麻烦,但贺龙还是坚决地带上了他,虽然他大部分时间都躺在担架上。

贺龙带着大家过草地时,因为他们部队是后卫,草地上能吃的东西都被先行部队吃光了。于是,他们只能吃牛皮斗篷、皮带、前面部队啃光的牛羊骨头和野菜,凡是能吃的东西全部吃光了。

为了给同行的战友补充营养,贺龙竟然奇迹般地在草地上的内湖里钓到了几条小鱼。他把鱼做成汤,端给需要的同志喝。他自己却一口都没沾,为充饥,嚼了三天的牛皮。

为什么红军能拧成一股绳?靠的就是这种从上到下、舍己为人的精神。

贺龙智还蒸钵

红军在长征的过程中,有一条铁的纪律:不拿群众的一针一线。从首长到下面的小士兵,没有一个不遵守这条铁律的。

1934年,红二、红六军在湘西十万坪地区消灭了龚仁杰、周燮卿的部队后,就近驻扎在一个叫作塔卧的地方,稍作休整,打算在此地过完春节,再拔营继续出发。

这支队伍的首领是贺龙元帅。他带着红二、红六军在塔卧过完春节准备出发前,决定去当地群众家里挨家挨户走走,看看情况,也是道别。

当他路过一个低矮的卖杂货的小铺子时,贺龙问身边的指挥员:"这个可是刘老板的铺子?"指挥员点头称是,因为他们在此地驻扎时,红军们经常到刘老板家买东西,已经很熟悉了。

贺龙点点头正准备走,突然想到什么似的停下脚步:"过年的时候,咱们向刘老板借了十几个蒸钵,还给别人没有?"

指挥员赶紧回答:"还了还了。但是还的时候有一个蒸钵坏了,我们买了一个新的打算赔给他,但刘老板说什么也不肯要。这不,我还随身带着呢。"说着打开随身背着的背包,把包口扯得大大的给贺龙看,里面果然有一个簇新的蒸钵。

指挥员接着跟贺龙汇报:"过完年司务长准备还给刘老板蒸钵

前,曾一个个洗净检查,发现其中一个裂了一道口子。司务长赶紧去买了个新的,打算和刘老板其他的蒸钵一起还给他。但刘老板一眼就看出来了这个是新的,心里明白是怎么回事,所以坚决不要。司务长强行塞给他,但他后来又给送回来了。

"刘老板说:'你们红军替我们打敌人,我送你们一个蒸钵算什么。再说之前那个蒸钵本来就裂了,给你们的时候就裂了,不是你们弄的。你们把原来那个还给我就行,这个新的我坚决不要。'"

贺龙陷入沉思,通过指挥员的汇报他也知道了刘老板的决心,看来硬塞是塞不回去了,还是要想想别的办法。

因为哪怕是一个蒸钵,也不能占老百姓的便宜。这是红军的纪律。

贺龙让指挥员好好收着蒸钵,他已经想到办法了。指挥员好奇地跟上首领,一起进到刘老板的铺子里,他真的很想看看贺龙怎么能让刘老板收下蒸钵。

见他们进来,刘老板赶紧迎上来,热情地给他们让座、倒水。贺龙坐好后,笑眯眯地请刘老板也坐下。两人就着粗茶,开始聊天。

贺龙先和刘老板拉了会儿家常,两人聊得很开心。过了会儿,贺龙话题一转,跟刘老板说:"小刘啊,我们打扰这么久,马上要走了。但是走之前,我们想听一下,你们对咱们红军都有没有什么想法和意见啊?"

刘老板赶紧摇摇手:"怎么会,怎么会,你们这支军队是我见过的最好的军队。我们对你们只有一百个满意、一百个放心,能有什么意见?看你们,不仅对老百姓秋毫无犯,红军来买东西该给多少钱给多少,一个子都不少。上次村里有人家碰到困难,你们还帮助他们解决。这么好的队伍,如果我还有什么意见,那真是天打雷劈。村民们都巴不得你们一直待下去。"

贺龙笑着说:"刘老板过奖过奖,我们都只是做了我们该做的。那你说说,我们为什么能得到大家的拥护呢?"

刘老板吸了口烟回答道:"说心里话。第一,有共产党的好领导;第二,你们这些首长干部都很好;第三,红军战士都是苦孩子出身,知道老百姓过得不容易;第四,你们的纪律好……"

贺龙马上鼓掌,说:"刘老板说得真好。正是因为红军遵守纪律,老百姓才拥护咱们。那小刘啊,你说老百姓是不是也该支持红军遵守纪律呢?"

刘老板斩钉截铁地回答:"那是当然。红军有需要的,我们一定配合。"

贺龙哈哈大笑:"要的就是你这句话。"然后他招手叫指挥员把背包里的新蒸钵拿出来,递给刘老板:"小刘你也知道,不拿群众一针一线是我们的纪律,那你就配合下,收下这个新蒸钵,破掉的那个我们已经扔掉了,还不出来了。"

刘老板目瞪口呆,愣了好一会儿才反应过来:"贺老总,我算是服了你了。好吧,为了不让你们红军破坏纪律,我就收下这个蒸钵吧。"

铺子里的人都哈哈大笑。贺龙站起身和刘老板握手道别,和指挥员出了房间,带着部队继续坚定地往前走。

为苏维埃新中国流尽最后一滴血

1934年12月初,中央红军突破敌军三道封锁线后,在湘江进行了一次惨烈的血战。

战役结束后,红军伤亡惨重,由出发前的8.6万人锐减至3万人。

在这场战役中,由陈树湘带领的红五军团第三十四师负责掩护中央机关转移。主力红军西渡湘江后,敌军切断了他们的通道,留下第三十四师的官兵,与敌人浴血奋战。

敌我力量悬殊,寡不敌众,但明知是一场生死战,第三十四师全体红军没有一个退缩,他们决定为革命打尽最后一颗子弹。

战斗持续了很久,除了少数红军成功突围,其他6000多名将士全部壮烈牺牲。战场血流成河,鲜血染红了湘江。

当时,当地的老百姓还有"三年不饮湘江水,十年不食湘江鱼"的说法。

在战役快结束的时候,陈树湘已经多处受伤,衣服都被鲜血染红了,尤其是腹部的伤口,汩汩地流着鲜血,昏死过去。敌军将昏迷不醒的他用担架架着,打算抬去县城当人质。

路上,他悠悠醒转,发现自己已被俘,为了不让自己被利用,给同志们拖后腿,他乘敌不备,将手从腹部的伤口伸进腹腔,忍着剧痛掐断自己的肠子,英勇牺牲。牺牲时,年仅 29 岁。

陈树湘在加入红军队伍时曾立誓:"为苏维埃新中国流尽最后一滴血。"他用自己年轻的生命履行了诺言。

半碗青稞面

红军过草地,除了环境艰苦,最大的困难就是粮食短缺。皮带、野草,能吃的都吃过。幸运的时候,红军战士们能吃上可怜的一点青稞面。

进入草地后,战士们每人准备了一小袋青稞面,但青稞面被雨淋湿后,便成了黏糊糊的软胶疙瘩,把牙齿磨酸了也吃不到两口。

但青稞面也是越吃越少的。到了青稞面快吃完的时候,红军战士们只能用野菜煮汤,然后掺一丁点青稞面,做成野菜面糊糊,就算吃一顿好的。

不光红军战士省着吃,周恩来副主席也和战士们一样,省吃俭用,绝不多吃一点青稞面。

为了能靠着那点青稞面顺利越过草地,北上抗日,周副主席下令,让大家一定要特别珍惜粮食。战士们都听周副主席的话,把自己仅有的青稞面装在布袋里,拴在腰上,不到万不得已,不轻易打开。

但粮食这么少,再怎么省都有吃完的时候。战士吴开生的青稞面就吃完了,每天只能喝野菜汤,已经饿了两天。这件事给周副主席知道了,就让警卫员把他袋子里的青稞面拿了些,给吴开生煮了两碗。

吴开生一开始说什么都不肯接受,周副主席看着他蜡黄的脸,语重心长地说:"这是革命呀!人是铁,饭是钢,你不吃饱肚子,怎么干革命呢?"吴开生流着眼泪说:"我只要还剩一口气,就要跟着您走出草地,革命到底!"

一天晚上,草地上狂风暴雨,用单薄的被单搭成的帐篷哪儿经得住这样的风雨袭击,被吹得东倒西歪,战士们也都被淋成了落汤鸡。周副主席赶快邀请大家都到他作为办公室的帐篷里避雨,免得被冻感冒了。

大家哪儿肯去,打扰到副主席工作可怎么行。

周副主席没办法,只能亲自冒雨出去,跟战士们说:"你们不去,我心不安。"雨中的战士们泪随雨一道流,虽然身上很冷,但心里却像烤了火那么的温暖。

虽然大家团结,冻与饿面前都能紧紧靠在一起,但草地实在太无边无际了,越来越多的士兵干粮吃完,青稞面吃完,连野菜也吃光了,军马也杀掉吃了。为了活下去,大家只能吃皮带,甚至把随身带的纸张咽下去充饥。大家面临着前所未有的困难处境。

周副主席这时也只剩下了半碗青稞面。他想了想,命人把仅存的半碗青稞面全部分给大家,用野菜汤泡了喝。

"那您吃什么呢?"身边的警卫员急了。

"同志们要好好活着。他们活着,就有我。只要多留一个战士的生命,就给革命事业增加一份力。来吧,别说了,把我的青稞面拿去分掉。"

警卫员看着周副总理因为饥饿深陷的面庞,和因为瘦了显得格外大的两只眼睛,心里感动极了,虽然很不舍,但还是按照他的命令,把他最后剩下的半碗青稞面倒进一大锅野菜汤里,搅匀了,盛出来分到战士们的手中。

警卫员告诉大家这是周副主席剩下的最后半碗青稞面,战士们听后都流泪了。这不足半碗的青稞面,是周副主席的心意和生命啊!

茫茫草地上,填饱了肚子、暖了心的战士们接着上路了。有那样好的领袖,无怪他们是一支摧不垮的钢铁红军。

金子中的金子

中央红军出草地后的第一仗,是攻打天险腊子口。

敌人的子弹从四面八方射来,山里虽然建着无数碉堡,但通道就一条路那么宽。红军战士们几乎把手里的所有手榴弹都扔出去了。武器质量本来就差,加上受潮,扔出去五个手榴弹,只有两个是爆炸的……

虽然过去很久,但老红军王承登始终记得这场战役。好不容易翻过了腊子口,王承登一脚踩下去,踏到的不是细碎的山石,而是手榴弹堆成的小"土堆",都是没有爆炸的哑弹,足足半米厚。真是让人每走一步都胆战心惊,可谓步步惊心。

在天险腊子口打过仗的,除了中央红军,后来红四方面军出草地也打过。老红军毋广仁作为红四方面军的一员参与了战役。"那一场仗打得真叫一个惨啊!"

毋广仁当时接到命令,一定要在两个小时内拿下这个山头。当天下午一点整,他们营兵分两路,一路正面攻击,一路迂回到敌人身后,恶战了一个半小时终于完成了任务。

但这场仗多惨烈啊,山上的树枝都在燃烧,被密如流星的子弹引燃的。

参加这场战役的还有老红军康渡。他当时在突击队,队里七个人一组,他们接到命令要全力拿下腊子口。但任务重,每个人却只有十几发子弹。于是首长严格规定,近身100米以内才能射击。康渡他们爬了一夜的山,凌晨的时候遇上敌军交火。到战役结束时,七个人的队伍牺牲了五人。

虽然牺牲大,但战果也是显著的。他们打得敌军溃败,士气低迷,过一条河时连埋在桥旁的炸弹都来不及引爆就急急忙忙逃了。

虽然红四方面军刚过完草地就开始攻打腊子口,但他们士气如虹,以战无不胜的气概势如破竹。

为什么会这样?因为他们在草地上,已经经受过最严苛的考验。

红四方面军的一个营,进草地时400人,三周后出草地时,只剩下100人左右。

老红军刘金国在草地上度过了最难忘的最后一夜。已经胜利在望,眼看着要走出草地了,但第二天军号响起时,背靠背坐着的一大片战士都继续安安静静地坐着,再也没有起来。

走出草地后,部队到了甘南,找到许多大豆。一个多月没吃过一顿饱饭的战士们狼吞虎咽,结果有的人活活被胀死……

就是这样坚忍不拔地走过草地的英勇军队,为革命保存下了"金子中的金子"。他们永不屈服的斗志和克服一切艰难险阻的决心,保证了革命最后的胜利;同时化作长征精神,依然影响着几十年后的人们。

1936年2月,贵州毕节以西,红军长征经过要塞七星关。

小宣传员

刚进草地时,队伍中有一位姓郑的小宣传员。他来自江西石城,年纪很轻,约莫20岁。

因为是新兵,又很年轻,他总是一副精力充沛的样子。他每天精神抖擞地给大家讲故事、唱山歌,给大家打气,鼓舞士气。

工作上,他也是挑最难的工作做,柴火都拣最重的背。

这样热情又干劲十足的小伙子,大家都很喜欢他。从上到下都亲切地叫他"小郑"。

但是,进入草地不久,小郑就倒下了。突然发起高烧,生起了病。草地上缺吃少穿,环境恶劣,很多人病倒了,就再也没有起来。所以大家都很担心小郑。

团政委杨成武也十分关心他,把自己的战马让给他骑,还匀出本就不多的青稞面给他吃。但小郑病情还是不断恶化,眼看着撑不到走出草地了。

那一天终于还是来了,小郑病情再次恶化,已经不行了。临终前,他用微弱的声音对杨成武说:"政委,我不行了,感谢您对我的照顾。我相信党的事业一定会胜利!革命一定会胜利!……"话音未落他的呼吸已越来越急促,他用尽最后一点力气说完剩下的话:"希望党的路线胜利,革命快胜利。胜利后,如果有可能,请告诉我家里,我是为执行党的路线,为了革命的胜利牺牲的!……"

该说的都已说完,该交代的都已经交代,小郑安心地闭上了眼睛。

小郑虽然只是千千万万红军队伍中的一员,但正是因为拥有像他这样的千千万万名红军,正是因为大家都有像他一样革命必胜的信念,红军们才能坚忍不拔地征服草地、雪山、敌人,取得最后的胜利。

歌曲《三大纪律八项注意》

刘华清上将,被誉为中国的"现代海军之父"和"中国航母之父"。

他是湖北大悟人,1934 年 11 月 16 日,包括刘上将在内的 3000 余名红二十五军将士高举"中国工农红军北上先遣队"的旗帜,从河南省罗山县何家冲出发,踏上长征之路。

出发前夜,刘上将想到这次出发,就要离开生他养他的大别山,离开鄂豫皖边区父老乡亲,又想到好几年没见的母亲,躺在稻草铺上再也睡不着。

但革命的理想和信念在激荡他,组织在召唤他,他决心抛却一切留恋,随大军西行,革命到底!

在长征中,刘上将被编入军政治部机关,任组织科科长,后又当宣传科科长。为了革命宣传工作,他做了很多大事,但最有影响力的是把《三大纪律八项注意》编成了歌。

到现在,《三大纪律八项注意》依然在传唱,唱了几十年。但是当初,它出来得很偶然。

原来,红二十五军整支队伍自从撤离鄂豫皖革命根据地,就和党中央失去了联系,连遵义会议都不知道,是一支独立作战的孤军。他们的长征被称作孤军长征。

直到 1935 年 7 月,他们才得知中央红军的消息,与大部队会合。

1935 年 9 月,与陕甘红军会师的红二十五军,与别的队伍被统一合编为红十五军团。统一军团政治部机关,是由红二十五军政治部改编的,刘上将仍担任宣传科科长。

当时,程坦是红十五军团政治部秘书长。1935 年 10 月,中央红军先遣队到达红十五军团,带来了"中国工农红军三大纪律八项注意"布告。为了教育广大指战员,程坦便依照"三大纪律八项注意"的全部内容编成了歌词。

在红十五军团接连打了劳山、榆林桥两个大胜仗后,部队补充了大批新兵。为了对新兵进行纪律教育,程坦秘书长建议把"三大纪律八项注意"编为歌曲。

正好长征到陕南创造新革命根据地时,组织要求刘华清天天去部队教唱歌,讲"三大纪律八项注意"。他觉得太麻烦,也有把"三大纪律八项注意"编成歌曲的想法,两人一拍即合。

但由于长征路上天天赶路,精力不足,且两人都没有音乐知识,所以这件事一直拖着。突然有一天,两人灵机一动,发现可以借用鄂豫皖革命根据地流行的《土地革命完成了》的曲谱来填上《三大纪律八项注意》的歌词。他们哼来哼去,发现真是太适合了,于是在《红军战士报》上登了这首歌。由于这首歌的内容重要,曲调又是广大指战员所熟悉的,所以很快就在红军部队中传唱起来。

1935 年 10 月,中央红军到达陕北吴起镇。在庆祝会师大会上,红十五军团的官兵唱起了《三大纪律八项注意》,立即引起全场注意。会后不久,许多部队都学会了这支歌。

在抗日战争和解放战争时期,这首歌随着军队任务和纪律要求的变化,歌词也做过相应的调整。

建国后,解放军原总政治部根据这一训令分别于1950年底和1957年两次组织专人对这首歌的歌词进行修改,并最终在1957年定稿。

所以说,《三大纪律八项注意》这首歌最早是由红十五军团编曲并先唱起来,然后传唱开的。

附:

《三大纪律八项注意》

革命军人个个要牢记
三大纪律八项注意
第一一切行动听指挥
步调一致才能得胜利
第二不拿群众一针线
群众对我拥护又喜欢
第三一切缴获要归公
努力减轻人民的负担
三大纪律我们要做到
八项注意切莫忘记了
第一说话态度要和好
尊重群众不要耍骄傲
第二买卖价钱要公平
公买公卖不许逞霸道
第三借人东西用过了
当面归还切莫遗失掉

第四若把东西损坏了
照价赔偿不差半分毫
第五不许打人和骂人
军阀作风坚决克服掉
第六爱护群众的庄稼
行军作战处处注意到
第七不许调戏妇女们
流氓习气坚决要除掉
第八不许虐待俘虏兵
不许打骂不许搜腰包
遵守纪律人人要自觉
互相监督切莫违犯了
革命纪律条条要记清
人民战士处处爱人民
保卫祖国永远向前进
全国人民拥护又欢迎

一顶红军帽

小战士胡东升刚加入红军队伍,就赶上了长征开始。因为年轻资历又浅,大家都叫他小胡。那时,他连一顶军帽都还没有。

长征真苦啊,缺吃少穿,环境艰苦,但大家心里都燃着一团火,支撑着他们过草地、爬雪山。

小胡跟着队伍爬雪山时,整支部队已经两天没吃东西了。小胡饿得前胸贴后背,穿得又单薄,用年轻瘦弱的身体抵御着雪山的寒冷。但真的很饿啊,毕竟是长身体的年纪。

指导员看出了小胡的勉强,把仅有的一块牛皮递给了他。他推迟了半天,终于还是没有抵抗过饥饿的威力,低着头接下了。没有戴军帽的黑发上落满了银色的雪。

山顶上的雪更大,天更冷了。小胡慢慢嚼着牛皮,从里面汲取生命的能量。突然,他看到雪地上躺着一个人,他赶紧跑上前去想扶起同志。走近了发现,竟然是指导员!

他赶紧把指导员扶起来,搂在怀里,用自己冰凉的身体去温暖他。指挥员已经奄奄一息,用尽最后一点力气颤巍巍地从自己头上摘下军帽,递给小胡,气若游丝地说:"我不行……行了,把我的帽子……戴上吧,还有……鞋子,也拿走吧……"边说边指指脚上的鞋。

小胡眼含热泪,摇摇头:"不会的,我带您一起走。"

指导员用微弱的声音说:"走……走……"在这越来越弱的声音里,小胡明白了指导员的全部意思,这是安慰、鼓励和希望,同时也是命令。

指导员的身体在小胡怀里渐渐变冷,直到后来没有一丝气息。小胡含泪最后抱了指挥员一会儿,接过指挥员手里的军帽,掸掸头上的雪,郑重地戴上。又脱下他的鞋,套在自己脚上。

最后,他用树枝和雪土掩埋好指导员,强忍着悲痛,重新踏上了征程。

虽然雪还在下着,但现在头上有了军帽,小胡觉得一点也不冷了。

翻越夹金山

红军长征路上,艰难困苦重重。对于亲历过的红军战士来说,最艰苦的岁月是从渡过了大渡河来到了雪山草地的藏民区之后开始的。

从1935年7月到1935年8月,就在这短短一个月的时间里,红军部队先后几次经过这里,穿过遍地沼泽、荒无人烟的大草地,翻越了十几座雪山。就在这一个月里,留下了无数感人至深的英雄故事。

飞夺泸定桥、进入四川境内后,党中央召开了会议。

当时,党中央面临着三种选择:

一是向东进军,抵达茂县、松潘地区。但敌人已经在这条路上布下了重兵,这个方案有极大的危险。

二是向西,沿一条山路到达四川西北的丹巴、阿坝地区。这条路虽然人烟稀少,但要穿过少数民族聚集的地区。由于当时政府的压迫,多数当地少数民族同胞仇恨汉族人。如果从此地穿行,可能会发生不少冲突,给行军带来许多不便,也不利于保持民族团结。

所以只剩下最后一条路:翻越夹金山。在当时的情况下,经过反复研究论证,这条路成了中央红军唯一的选择。

为了尽快甩开追在身后的敌人,快速行军,尽快北上开辟新的根据地,中央最终决定,选择雪山草地一线敌人较少的地区,作为红军北上的路径。

　　1935年6月初,红军来到了硗碛藏乡,也就是此行必经的第一座、也是最大的一座雪山——夹金山脚下。

　　硗碛是夹金山山下的一个村镇,这里人烟稀少,森林密布,还是一派原始森林的面貌。在这里居住的藏民就像生活在世外桃源,与世隔绝。

　　红军就是要从这里,翻越夹金山,然后下雪山,到小金县达维镇去,与红四方面军会合。

　　所以,翻越这座海拔四千九百多米的大雪山,是红军的必经之旅。

　　"夹金"是藏语的音译,在藏语里的意思是弯曲的道路。从这个名字就知道这座山又高又陡,而漫山的雪又加大了翻越的难度。因此当地的居民又叫这座山"仙姑山",他们认为只有仙姑才能飞过去。

　　而且,这座山到处是耸立的岩壁,山峰十分陡峭。山上常年积雪,根本没有什么路。下了雪,刮了风,就结成又厚又滑的冰层,一不小心就可能会摔进万丈深渊。

　　为了确保大家的安全,红四团的领导还到当地居民家,讨教过山的办法。

　　当地的山民一方面敬佩红军的精神,一方面还是坚定认为这座山是不可战胜的。但在红军的坚持下,他们终于将过山要注意的事情一一告诉给红军指挥员:要上午九点之后登山,三点之前下山——因为早晚太冷,而九点后、三点前的温度会高一些;不要在山上过夜;要用布条遮挡眼睛,防止雪光刺坏了眼睛;上山要走稳,不要停留太久,千万不要坐下;山上寒冷,要多穿点衣服;带上

翻越夹金山

烈酒、辣椒等,好抵御寒气……

红军指挥员一一记下,并在翻越前的动员大会上,仔细传达了这些注意事项。因为关乎众人的生命,大家都十分郑重。

事已至此,已经没有退路。

1935年6月12日上午,红军战士到了夹金山山脚下集结。有一位藏族青年和一个在当地居住的汉族青年对红军十分钦佩,自告奋勇地给他们当向导。

虽然时值盛夏,但时间却像在此处凝固住了。他们抬头四望,到处都是白茫茫的一片,好像有一道刺眼的白光笼罩着整座大山。漫山的白让人有些晕眩,整座山就像是用白玉雕成的一样,看上去是那么神秘,又不可征服。

九点整,红军开始爬山。

山脚是盛夏,战士们身穿单衣,背着冬衣,一步一步往山上行军。随着海拔一点点增加,气温越来越低,到了山腰附近,突然刮起的风吹落一片片的白雪,打在红军们的脸上,令人浑身发抖。迅速降低的温度更让人有些胆寒。

大家开始用木棍支撑着脚步,因为脚下的冰面如镜子一样滑。而且海拔高的地方空气稀薄,大家呼吸愈发困难,心跳加速,众人纷纷出现高原反应,头昏目眩,两腿又酸又软,只能一步一喘、一步一停地挪动着。

被雪覆盖的山路不知何处是地、何处是沟,战士们只能踏着前面人的脚印,一步一步缓慢前行。

但当地人的经验时时警醒着红军们,即使再疲惫,他们也不敢停下来歇一歇。因为一旦坐下来,那很可能就永远也起不来了。

即使如此,还是有战士从山上直接滑了下去,长眠在这片冰天雪地里。

但红军战士们没有被困难和死亡吓倒,以大无畏的英雄气概,拼尽全力,互相搀扶着、鼓励着,艰难地向上攀登。

就在要接近山顶时,突然乌云翻滚,狂风大作,妖风卷着大如斗的雪片和鸡蛋大的冰雹砸向红军队伍,有的伤病员经不住冰雹、风雪、寒冷和饥饿的袭击牺牲了,许多同志还来不及反应,就被风雪和冰雹打落山崖下,再也没能爬上来……

但是还有更多的同志,在别的同志的掩护和帮助下,继续前行。风雪冰雹很快过去,夹金山上又是晴空万里。而此时,红军们已经登上了山顶,胜利的喜悦在他们心里激荡着。

站在夹金山的山顶回望,方圆百里看不到别的颜色,一片银装素裹,只有还在攀爬的红军战士组成一道长长的灰色人墙,沿着山顶上红军们走过的路曲曲折折地上来,十分壮观。

还有许多在半途中牺牲了的同志,在队伍两旁,以各种姿态静止着,早已失去了生命的迹象。但他们冻僵的脸上的坚定的神情,还有在生命最后一刻还在努力攀登的身体姿态,都让继续前进的战士们感动不已。

雪山,这个摆在红军战士面前的"敌人",不用枪,也不用炮,靠着刺骨的寒风和阴晴不定的恶劣天气,埋葬了我们多少可爱的战士!

但正因为这些同志的牺牲,激励了更多战士,让他们更加坚定地走在革命路上,肩负着牺牲同志的未竟之志,继续前行。

过了山顶就要下山。"上山容易下山难",虽然下山时已不像上山时那么吃力,但下山的危险性增加了。因为山高路滑,下山时一不小心,就有可能以极大的速度滑下山去。

为了鼓舞士气,战士们唱起歌来。一首接一首地唱着,唱得豪气干云。雪山也屈服在战士们的豪情壮志之下,没有再出现恶劣的天气。

就在到达山脚,胜利在望的时候,一条深沟阻断了下山的路。

战士们正小心翼翼地绕道而走,突然,前面传来几声刺耳的枪声。红军们立刻警觉起来,低声说:"敌人!注意隐蔽!"

战士们握紧手中的武器,准备与敌人来一场厮杀。这时,一个侦察员跑了过来,边跑边兴高采烈地喊着:"不是敌人,是红四方面军!是我们的同志啊!"

队伍里瞬间一片欢呼,大家都开心得不得了。这时来人那方也在欢呼:"欢迎红一方面军的同志!"

两支队伍的同志们就像见到亲人一般激动,紧紧拥抱在一起。雪山没有让他们屈服,他们却在同志面前落下了珍贵的男儿泪。

就这样,红军在指战员们的带领下,与残酷的自然环境进行英勇的搏斗,克服重重困难之后,于6月15日当天晚上,翻过了夹金山,并与红四方面军三十军的先头部队成功会合。

这座只有仙人才能翻越的雪山,被英勇不屈的红军战士们征服了。这个令人激动的消息不翼而飞,传遍了红军各部。而红一方面军在翻越夹金山的过程中展现的不屈不挠的精神和一往无前的革命斗志,更是珍贵的财富,鼓舞了所有的红军战士,在革命道路上坚定、执着地继续向前!

1935年,红军长征途中翻过的雪山——夹金山。夹金山位于四川省阿坝藏族羌族自治州小金县南部,这里还是当年中国工农红军一方面军万里长征与红四方面胜利会师的地方。

杀了六匹骡子

1935年,红三军团在过草地时,由于他们是殿后的监视部队,粮草已经消耗殆尽,连草地里可以吃的野菜和草根,也已被先行部队吃得差不多了。

当时红三军团的军团长是彭德怀,看着红军战士一个个地倒在饥饿中,他也没有办法了,巧妇难为无米之炊啊。

突然,他看到了自己的坐骑。彭德怀没有马,坐骑是一头大黑骡子。这头大黑骡子在长征中立下了汗马功劳。一路上,它不是驮着粮食、器材,就是驮着伤病员。过湘江时,许多不会游泳的战士就是它一次次地运过江去的;过雪山时,一些疲劳过度、奄奄一息的战士,也是靠它翻越了雪山。

因为怜惜黑骡子,有时它的饲料吃完了,他就分出自己的干粮,塞一点到它的嘴里:"吃吧吃吧,你太辛苦了,却连饲料都吃不上。"

彭德怀叫来饲养员,问:"还有多少牲口?"

饲养员回答说:"连同您的坐骑,一共还有六匹黑骡子。"

彭德怀挥挥手,不愿再看自己的黑骡子:"好,你把它们都集中起来,都杀了,吃骡子肉!"

饲养员不确定地问道:"都杀掉?包括您的大黑骡子?"

彭德怀斩钉截铁地肯定了。

"那怎么行!"饲养员反对道,"您不能没有坐骑,大黑骡子不能杀!"

他的警卫员小方也上前阻止,不让他杀黑骡子。

见此种情形,彭德怀只得耐心地给大家做思想工作:"不杀它们,部队靠什么走出草地?人比牲口更重要!"

然后喊道:"小方,你来执行!"并把配枪递给小方,转身走开了。他不忍心看着大黑骡子被杀。

但等了20多分钟,彭德怀也没有听到枪声。他生气地又回来,冲着小方他们喊:"你们再不开枪,我就要朝你们开枪啦!"

小方和饲养员没有办法了,低着头默默地把六匹骡子牵到一起,将枪口对准它们。大黑骡子也似乎知道了什么,很安静地站着。

战士们都不忍心看到这一幕,有的走开,有的扭转了头。

枪声响了。

彭德怀站在远处,朝着倒下的大黑骡子,默默脱下了军帽。

这天晚上,红军战士们围坐在篝火前,每个人心情都很沉重。但他们终于吃上了一顿阔别很久的饱饭。

红三军团只留下了一些杂碎,其余的肉都留给了后面的部队。这些肉不知救活了多少红军战士,为革命的胜利保留了火种。

跟着"红胡子"去长征

1935年11月,贺龙率领的红二军团和红六军团解放了贵州黔西县城。举家逃难至此的流浪儿王玉清跑去看热闹。

当时,当地的地主们都把贺龙的部队称为'红胡子'。而且还传说:"'红胡子'杀人不眨眼,专吃小孩子。"所以14岁的王玉清有点害怕,只敢远远地看着在街上行走的红军战士。

但是观察了一阵子他发现,"红胡子"只是对地主很凶,对穷苦百姓可和气了。从小饿肚子的王玉清觉得"红胡子"是好人,随即报名参加了红军,作为红二军团军团部无线电台的一名战士,也成了一名"红胡子"。

王玉清参军的第十天,"红胡子"离开了黔西,他随部队转移到湖南桑植县的刘家坪,从那里踏上漫漫长征路。

王玉清年纪虽小,却聪明伶俐,又喜欢学习,经常向老战士请教,所以他很快就学会了电台那一套。因此贺龙老总很喜欢他,常常用手指弹他的脑袋,还常把重要电报交给他发。

长征实在很辛苦,既要赶路,又要和敌人作战。但每到行军最艰难的时候,贺老总都会出现在直属队的队列中,给大家鼓劲。贺老总笑声爽朗,常常用亲切的口气问士兵们"累不累,苦不苦?"是个随和可爱的"红胡子"。

1936年3月，在贵州盘县（今盘州市），一直守在电台旁边的王玉清突然接到朱德、张国焘的电令，电令上写着："最好你军在第三渡河点或最后路线北进与我们会合一同北进。"即要求红二军团和红六军团北渡金沙江，西进四川与红四方面军会合。

　　他们的行动很快被敌人察觉，调了重兵和飞机围堵他们。好在红军们抢先占据了石鼓渡口，但江上没有桥，船又少又小。

　　贺老总虽然平常行军中喜欢开玩笑，但遇到事情神情就非常严肃，两道浓眉拧成了疙瘩。

　　但他很快就想到了办法，用木排代替木船过了江。带领部队突围了的贺龙又变得谈笑风生，右手拿着烟斗，左手指着对岸，开心地说："老子胜利了！"

　　不久，"红胡子"们要过草地了。进入草地没几天，王玉清就断粮了。电台的炊事班班长知道后，把自己仅有的两把炒面给了他。

　　王玉清不肯接受："你把粮食给了我，你怎么渡过难关？"

　　班长很坚持："走一步看一步吧。"

　　但后来他和班长走散了，再也没有见过对方。

　　班长给的炒面很快又吃完，再也找不到粮食了。饿了四五天一点东西没吃的王玉清，也没有信心能走出草地了。

　　有一天，他浑身无力地坐在一条水沟边休息，突然看到一条鱼跃出水面。王玉清瞬间来了精神，有鱼就能活下去。但他实在没有力气下去捉，即使有力气，也不敢下去，好多战友陷入这样的水沟里，再也没有出来。

　　突然，他想起来，军帽上不是别着两根缝衣针吗？可以用它们来钓鱼啊！

　　他赶紧用火把针烧红弯成钩，拴上线，去沟里钓鱼。果然钓上来两条！靠着这两条小鱼,他又恢复了走出草地的信心。

几十年后,回想起当年长征的经历,王玉清不由感慨万分:"长征路上历艰险,遵义会议转危安;红军将士是好汉,跋山涉水奔陕甘。行程二万五千里,三军欢呼大团圆;中华儿女洒热血,峥嵘岁月打江山。"

丰盛的"鱼汤宴"

在长征过程中,除了环境艰苦,最考验红军战士的,就是吃的问题。饥饿就像一个阴影,笼罩在所有战士们的头顶。

红军一进入一个小村子,就四处找东西吃,当地百姓打麦场里有一些荞麦、燕麦、糜子,战士们随便搓一搓,烧熟,连糠带皮一起吞进肚子。

等到了草地上,糠皮都没有。为了活下去,能吃的他们什么都吃,草根、树皮、皮带……战马、坐骑,能杀的牲口也都杀了。一开始是缺衣少食,到后面更是缺衣没食。有士兵因为误食毒草牺牲,有士兵实在饿得不行昏倒。

第三次过草地时,大部分红军都没有吃的了,一些官兵因伤病或饥饿等,都已经走不动了,落在大部队后面。

但是即使这么艰苦,大家依然互相鼓励:"只要有信念、有毅力,就一定会走出草地的。"

有一次,大家实在是走不动了,连长、指导员看到战士们饿得厉害,便鼓励大家说:"同志们,我们大家停下来休息,烧水、吃干粮。"

但战士们都清楚,只能喝水,因为干粮已经没了。

但大家还是开始到处找柴火,开始烧水。对于饥肠辘辘的肚子来说,能喝点水也是好的。

队伍里有个排长,名叫杨长万,趁大家烧水喝时,把帽子上缝衣服的针拿下来,在火中烧了烧,然后弯成一个小鱼钩,悄悄到河边,想碰碰运气,看能不能钓上来一两条鱼。

过了一会儿,大伙儿听到杨长万激动地大叫:"鱼!我钓到鱼了!"他珍重地把一尾草鱼从鱼钩上取下来,小心翼翼地放进盛满水的脸盆里。又接着把鱼钩甩进河里,既然钓了一条,肯定还有。

最后,他钓到了三尾草鱼。看着脸盆里游来游去的鱼,大家都兴奋得不得了。杨长万大手一挥:"咱们今晚改善伙食,喝鱼汤!"热烈的掌声在草地上空回荡着。

战士们在火堆上架起来一口大锅,倒了整整一锅水,把三条草鱼简单收拾后往水里面一放,再抓把盐往锅里一撒,开始煮了起来。

不一会儿水就开了,嫩白的鱼肉在锅里翻腾,大家围着锅坐着,别提多开心了。过了一会儿,鱼肉的香味在空气中弥漫,有的战士情不自禁地说:"真香啊!真香啊!"

其实那三尾草鱼并不大,放在一大锅水中就显得更小了。但对于已经连续三天没吃过一点东西的战士们来说,这点稀薄的鱼汤比任何山珍海味都诱人。

鱼汤煮好了,指挥员用一把大勺子,给每个战士的洋瓷缸杯里舀一勺。分到鱼汤的战士顾不得烫,兴奋地把洋瓷缸送到嘴边,喝下一大口。鱼的鲜香迅速在口腔里弥漫,于是马上接着喝下第二口、第三口,很快,洋瓷缸就见底了。

"再来一碗,再来一碗。"战士们纷纷续着杯,很快,一整锅鱼汤也见了底。指挥员再往锅里装满清水,用残存的鱼肉,接着煮第二锅鱼汤。煮到最后,连鱼骨头都见不着了。战士们捧着圆滚滚的肚子，满足地躺倒在草地上。

　　喝完鱼汤，大家顿时感到浑身有力，"鱼汤宴"给了士兵们莫大的鼓舞和活下去的勇气。三天后，历尽千辛万苦的全连走出了草地，并以顽强的毅力行进到甘肃会宁，与主力部队会师。

救命的笛子

红军小李是四川省苍溪县一个普通农民家庭的穷孩子。少年时代,因为受到革命思想的熏陶,在父母的支持下,参加了红军。并跟着队伍参加了长征,三次走过雪山草地,二十次遇险,九死一生。

长征沿途环境十分险恶,除了敌人日日夜夜的围追堵截,进行大大小小的战斗外,还要战胜深山峡谷,雪山草地,湍流江河。

环境艰苦,日夜兼程,红军都睡眠不足,大家都疲惫到了极点,常常走着走着就睡着了。但一旦敌人出现,又精神百倍地杀向敌人。

翻雪山,过草地,除了饿,就是冷。大部分红军战士都是从南方北上,不耐寒,也根本没有御寒的棉衣。遇上暴雨或风雪,就是最考验人的时候。小李就亲眼见过部队在夜间派出去一个班担任警戒任务,第二天全班战士都冻死的惨状。

小李跟着部队过了三次草地。第一次、第二次,只走了草地的一个角,各用了十天走完。但第三次过草地时,走的是草地的中间,走了一个月。

草地真大啊,茫茫一片看不到尽头;草地真荒啊,除了杂草看不到别的生物,更别提人烟。可以吃的东西不多,没走多久部队就断炊断粮了。身上的干粮吃完后,大伙不得不寻找野菜或树皮充饥,实在没办法就宰杀骡马牲口、煮皮鞋、皮带、枪背带充饥。到了最后,连这些东西都没得吃了。

带的盐吃完了,这让他们感到嘴里无味,全身无力。那时候只要让他们舔一舔盐,真是比吃山珍海味还过瘾啊!

有一次在草地里,小李一脚没有踩上有草丛的泥疙瘩,掉进了沼泽里,不一会儿就被泥潭淹没了膝盖,整个人不断往下沉。他大声喊叫,但越挣扎越往下陷,泥巴很快就淹没到了胸部。眼看要没救了,文工团一名姓朱的同志急中生智,伸出笛子让小李抓住,一点一点把他往上拽,小李终于脱险了。

草地,就像一个张着大口的恶魔,吞掉了多少红军战士,又有多少忠魂长眠在茫茫草地中。

好在,红军战士们有勇气,有决心,彼此团结,互相扶持,最终战胜了这个敌人。

巾帼英雄

在长征的过程中,红四方面军前后有五千多名女战士。她们大多是年轻的未婚女青年,天真活泼,吃苦耐劳,英勇顽强。

因为女性生理特征和体力局限,她们一般被分到总部各机关、医院、后勤系统。但她们对于长征的贡献,一点也不亚于那些扛枪打仗的男同志。

在长征中,这些女战士一般担任的角色:

1.女炊事员。女炊事员在行军中要背一口大铁锅,有几十斤重,行李和干粮都放在锅里,用木架捆绑着铁锅背着走。过去的大铁锅又厚又重。背着都很吃力,更别提连日的远距离行军。但她们不喊苦不喊累,在战士们都坐下休息的时候,她们还要架锅烧水煮饭,忙个不停。吃完饭后,别的战士们可以休息,但她们还要收拾完炊具才能停下来。

长征中,曾有一名女炊事员,背着口大铁锅爬雪山。她实在累极了,就在山顶上坐下来休息,在睡梦中冻死了,死了仍保持着背着铁锅一动不动的姿势,太悲壮了。

2.女卫生员、女护士。女卫生员和女护士在行军中每人要背一个木制大药箱,她们自己的行李和干粮就捆在药箱子上,加起来有几十斤重。如果有战士受伤,女卫生员每四人一副担架,两人一组在担架前后抬着伤病员跋山涉水。为了保护伤员,她们中很多人选择牺牲自己。爬雪山时,有的女卫生员为了保护药箱,自己跌落雪崖,永远失去了踪影。

3.女运输队员。女运输队员在长征时每人要扛一袋军粮行军,一袋粮约有四五十斤。她们要背着这些粮食爬雪山、过草地。在宿营地,如果粮食紧缺,她们还要四处筹粮,有时得走出去很远很远,两三天后才能背粮返回。她们的队伍纪律严明,高度自觉,只吃自己分内的干粮,即使快饿死,也绝不额外吃战士们的军粮。

红四方面军还有一个妇女独立团,由一千余人组成。这个团里的女战士同别的红军一样,要上阵杀敌,甚至比男同志还英勇。她们不畏艰险,从不掉泪,具有革命乐观主义精神。每次休息时,她们都会齐声高唱革命歌曲,以激发部队斗志。

除了红四方面军,红一方面军也有一支由三十名红军女战士组成的队伍。这三十名女同志,除了三名同志途中留在当地开展革命工作外,其余二十七名同志都走完了二万五千里长征。尽管后来她们有的客死异乡,有的漂泊流离与党失去了联系,但她们中没有一个叛党变节的,至死保持了对党的忠诚,保持了一个革命者崇高的革命气节和坚强意志。

这些女战士,用她们非凡的意志和行动,向世界人民展示了中国女性的坚韧和伟大,不愧为二十世纪中国女性的杰出代表。

在长征中,女红军战士还要克服生理上带来的麻烦。爱美是女性的天性,但由于战争,她们只能压抑自己爱美的需求,一个个蓬头垢面,衣衫褴褛,头上长满了虱子。大家一到宿营地,必有的一项项目就是捉虱子,谁也不笑话谁。彭德怀曾开玩笑说:"无虱不成军,没有虱子的不算长征干部!"徐特立还编过"捉虱舞",并亲自表演。

为了避免长虱子的麻烦,很多女同志干脆剪成光头。休息时,一些调皮的男战士会偷偷将她们的帽子揭掉,大喊:"尼姑,尼姑!"取笑她们。都是年轻的女孩子,脸皮薄,又爱美,每次被这么称呼她们都会觉得很伤心。但为了革命方便,她们放弃了女性的天性。

长征路上,女性红军战士与千千万万的红军一样,爬雪山,过草地,冒酷暑,趟江河,吃草根,嚼树皮,历尽艰辛,经受了生与死的考验。除此之外,她们还要经受怀孕和分娩的痛苦和磨难。

周子昆的爱人曾玉曾随毛主席、朱德参加了创建井冈山革命根据地的斗争,在江西革命根据地时就已怀孕。长征出发时本来没有安排她,但她硬是怀着身孕,偷偷追上了红军长征队伍。

翻越老山界时,曾玉的肚子已经很大,走路吃力,别的女战士就搀扶着她爬山。爬过老山界不久,她就生产了。

很多参加中央红军长征的女性,留给她们的准备时间并不充裕,很多女性甚至根本没来得及做什么准备,就匆匆出发了。

女红军战士一般每人要带十五斤的东西,其中包括五斤粮食。她们所有的东西都被打成一个背包,外加一个挎包,里边装着几件换洗的衣服和简单的日用品,每个人的腰带上还挂了一个搪瓷缸,走起路来叮当作响。

与男红军相比,她们随身带的东西并不算多,但因为女性的生理局限,她们行军速度比男红军慢,常常达不到要求。有些本来就对女性红军随军有意见的男红军,对拖后腿的她们颇有微词。

所以她们只能尽可能地快行军,以赶上大部队的速度,不给整支队伍拖后腿。

藏族女红军姜秀英的脚趾在过雪山时被冻坏了。为了跟上行军队伍,不拖后腿,她从老乡家借来斧头,毅然把溃烂的脚趾砍掉了。

曾给康克清当过警卫员的女兵罗坤,长征时只有 13 岁。她带着十一个小红军外出宣传,回来时部队已经拔营北上。这十二个女孩子马上组织起来奋起直追,沿途靠乞讨生活,成功躲过了野兽袭击和人贩子的诱骗,战胜了饥饿和疾病,花了三个多月的时间,才终于赶上了大部队。

长征过程中有"八块钱"之说,就是红军中实在走不动的伤病员,每人按规定有八块钱的预算寄养在当地老百姓家里。但寄养的红军最终往往是被抓被杀,或因伤病得不到治疗而死。所以女红军们制定了一条简单而有力的行军口号:"不掉队,不带花,不当俘虏,不得八块钱。"

女红军邓六金长征到贵州时患了痢疾,病了两天已经走不动路了。队上的领导劝她留在老乡家里养病,被她拒绝了。她坚决地说:"哪怕是死,也要死在队伍里!"

这些红军女战士向世界展示了,中国女性可以如此坚强、团结、有毅力,一点不输须眉,也展示了新时代妇女崭新的精神风貌和随时准备保卫祖国的不平凡志气。

正如后来毛主席在诗里说的一样:"中华儿女多奇志,不爱红妆爱武装。"

1935年,红军女战士翻雪山时穿的带有脚码子(防滑用)的鞋。

朱德的皮带

1935年,听闻红军队伍即将来到苍溪,赵德仁本来是打算逃荒到嘉陵江西岸的。因为当时谣言四起,搞得人人惶惶不可终日:"毛泽东牙齿有巴掌宽,吃人如同吃面条。""张国焘坐在轿子里,舌头从轿顶伸出来去吃人。""红军会把小娃儿身上凿七个洞,用管子吸血。"……类似的说法铺天盖地,老百姓一听说红军要来闻风丧胆。

当时苍溪不管穷人富人都往西岸跑,赵德仁怕得要命,也跟着往西跑。岂料在逃难路上,碰到了红军队伍里的宣传员。

宣传员对赵德仁说:"我们是劫富救贫的。为富不仁的人才怕我们,老百姓不应该怕我们。"他将信将疑地留了下来。经过一段时间的观察,赵德仁确实没有看到吃人的红军,非但不吃人,而且确实对老百姓很好,就参了军。

赵德仁参军时15岁,人又聪明伶俐,被徐向前看中,被调到他身边当警卫员。赵德仁长得浓眉大眼,非常帅气,颜值很高。所以战友们都玩笑地叫他"大姑娘",只有徐向前称他为"小鬼"。

在嘉陵江畔,红四方面军长征渡江前,要勘察地形、选择渡口。因为是本地人,赵德仁被分派到跟随徐向前一起勘察,走了很多山路,终于找到了最合适的路线。作为新兵,他在这样的历练中迅速成长起来。

在赵德仁眼里,徐向前最大的特点就是特别爱抽烟。徐向前抽的烟都是队里的警卫班班长从"白区"搞来的,由警卫班班长保管。平时徐向前三四天抽一包,只有打仗的头天晚上,一晚上就会抽两包。

如渡江作战前夕,徐向前在嘉陵江东岸的一个山洞里思考战术,待了整整两夜。山洞里不能咳嗽,也不敢露火光,他在洞里走来走去,一支烟分两次抽完。

1935年6月,红四方面军与中央红军在懋功会师。此后不久,中共中央政治局在一个叫两河口的小镇上召开了扩大会议。赵德仁所在的警卫连负责外围警戒。

在门口守卫的赵德仁听见会上吵得很厉害,似乎还有人在拍桌子,他偷偷朝里面看了一眼,哇,张国焘蹦得有八丈高。

这当然是夸张的说法。但赵德仁不知道的是,就是在这次会议上,中共中央以多数票否决了张国焘的南下主张,决定北上。蹦得八丈高的张国焘,最后还是坚持了自己的想法南下了。当然这是后话。

说回到当时会议室外的赵德仁,他不知道开会内容,只知道这次会议之后,他告别了徐向前,跟随张国焘、朱德率领的左路军,向阿坝开进了。

过雪山时,赵德仁得了痢疾,拉肚子拉得虚脱,无力走路。但是雪山上风那么大,风一吹,鸡蛋大的石头就往下打。他实在走不动,不管不顾地就在路边坐了下来。刚坐下,指导员上来就重重地打了他两巴掌:"赵德仁,你不要命了!"战士们都知道,过雪山时不能停,一停下来,人就要冻成冰雕。

被指挥员两巴掌打得清醒了点的赵德仁又跟跟跄跄地跟着队伍往前走了。但是翻岷山时,他又掉队了。一路上都是冻死的同志:有的枪还扛在肩上,有的两两抱在一起,有的嘴里还有半块干粮……

赵德仁一个趔趄趴倒在雪地上,他想爬起来,可一起身又跌倒了。他抬头看了看被永远留在路两边的战友,心想千万不能死,千万要活下去。靠着这个念头,他坚强地翻过了雪山。

走完雪山是草地。在草地行军时,赵德仁成了朱德的警卫员。

过草地最大的感受就是饿,每天都饿。之前好不容易省下来的半袋牛肉干,过草地时却找不到了。不轻易流泪的铮铮男儿急得哭了。朱德看到他哭,走过来问:"小鬼,哭啥子?"得知情况后,朱德说:"莫哭莫哭,牛肉干都是自己人吃了。今后我们每人少吃一口,就能把你带出草地了。"

一天早上醒来,朱德怎么也找不到自己的腰带,赶紧问赵德仁:"小鬼,我的腰带呢?"

赵德仁低着头,不敢开腔。原来,朱老总的牛皮腰带,头天晚上被赵德仁偷去跟其他几个警卫员一起吃掉了。牛皮的,味道还真不错,煮起来真香。就是嚼不烂,不好咽,吃得嘴里全是黑水。

朱德知道了真相,什么话都没有说。只是随手从地上拣起了一条草绳,往腰间一系,没再提这茬,挥挥手喊:"准备出发!"

赵德仁赶紧把朱老总的坐骑马牵了过去,谁知朱德一摆手说:"不骑了。"

赵德仁以为朱德为牛皮腰带的事情生气了,吓得直哆嗦。朱德似乎看出了他的惶恐,轻轻拍拍他的肩说:"战马给后面的伤病员骑吧。"

草地行军的后半段,朱老总再也没有骑过他的战马。过了一段时间,食物更加紧缺,朱老总就下令把他的那匹跛马杀了。卸下的马肉,几十人吃了一个星期。

嚼着马肉,赵德仁突然黯然神伤。他又想起了朱老总的牛皮腰带。

只是队里本来有十三名警卫员,走出草地时,只剩下三人。赵德仁是其中一个。

五叔留下的口令

1934年11月,贺龙、任弼时领导的红二军团和红六军团解放了大庸县的岩口。

一个初冬的下午,许义华背着砍来的山柴往家走。忽然,他的大哥许书生从后面赶上来,兴奋地对他说:"我到岩口去卖柴,遇到红军队伍了。红军们说话一点也不凶,反而特别和气,和咱穷人是一家。你看,他们还送我两件衣服呢!"

许书生说着塞给许义华一件衣服:"这件不大,你穿正合适。瞧,这就是红军送的。"

许义华身上只穿着一件补丁摞补丁的破褂子,在这初冬的冷空气里显得格外单薄。他低头看看红军送的这件七八成新的黑夹袄,心里一热,泪水止不住涌出眼眶。他活了十五年,还从没穿过这么好的衣服。

从此许义华对红军队伍上了心。过了几天,他如愿参加了中国工农红军,也成了一名红军。参军不久,他就跟随贺龙、任弼时率领的红二军团和红六军团离开了家乡,从桑植出发,开始踏上长征的旅途。

长征很苦,苦在爬雪山和过草地。

爬大雪山时,才到半山腰,战士们都体乏肚饥。雪山上寒风刺骨,加上空气稀薄,伤病员不断增加。部队很团结,首长们把自己的坐骑骡马让给伤病号骑,年轻力壮的同志和首长们也争着背伤病员的武器弹药。但尽管如此,在艰苦的翻越中,还是有不少同志失去了生命,长眠在皑皑雪山中。

过草地更是艰苦。环境恶劣和缺衣少食都能忍,最怕的就是眼睁睁看到战友陷到泥潭里,却无力拯救。许义华曾亲眼看到一个骑枣红马的病号,一个趔趄陷入泥潭里,好在战友们奋力抢救,终于把人救了上来,但那匹枣红色的马,大家拉断了缰绳也没能救起来。

和许义华同一个班里的唐宏阶,一脚踩虚,掉进泥沼里,虽然他及时抓住了许义华的枪,却还是被沼泽吞没,消失在许义华眼前。这种悲伤的场面真是太让人难受了。

许义华的五叔许庸远是他参加革命的领路人。除了大哥许书生转送给他的那件衣服,许义华之所以义无反顾地加入红军,都是因为五叔每次见到他,必用苦难家史激发他的革命意志。

一天,在终于快走到草地中的"上海"——阿坝时,他不知道误食了什么毒草,腹痛如绞,肚子疼得直不起腰,头晕目眩,每走一步都非常吃力。

这时,他突然看见远处有个掉队的士兵,身披夹袄,步履艰难。他强打精神走上前一看,竟然是五叔许庸远。

五叔两条裤腿从膝盖以下已经磨成了碎布条,两只光脚踏在水草里,脓血顺腿直流。许义华看得鼻头一酸,强忍住泪水问他:"五叔,你怎么掉队了?"

五叔抬头看,见是自己的侄子,脸上挤出一抹欣慰的笑容。他吃力地回答:"不要紧,我能赶上队伍……"

许义华赶紧把自己剩下的半搪瓷碗青稞递给五叔,看着五叔吃了几口,又从沟里舀了一碗水递给五叔喝下去,他的精神开始恢复了一点。他刚刚稍好点,便催促许义华说:"行了,你赶紧走吧。你是班长,要照顾一班的人,掉在后边可怎么行?"

许义华不忍心,坚持要求扶着五叔走。五叔简直有点急了:"快走,去赶上你的队伍!你现在不是我的侄子,不是一个普通的红军战士,而是共产党员!快走,快走,你一定要走出草地,革命到底,路还长着呢!"

听了五叔的话,许义华再也没有理由留下来陪他。他从草地上捡了一根棍子,递给五叔,让他拄着走。他自己则擦干泪,赶上前去追上他的队伍。

不一会儿,天色大变,雷电交加,一阵冰雹劈头盖脸地落下来,砸在人的头上、身上,生疼生疼。许义华突然想到五叔,赶紧掉回头找他,终于在一条小河沟边,看到了一动不动地趴在地上的五叔,他的左手还护着放置文书材料的皮挎包。

许义华抱起五叔,把他扶起靠在腿上,这才看到他鼻口流血,已经停止了呼吸。

他失声痛哭,这时,有几个收容队的同志赶来了,帮他料理着五叔的后事。收容队的同志打开五叔的皮挎包,瞬间也哭了。

许义华从收容队同志的手里接过从五叔包里拿出的材料,只见一摞纸的第一页上留着五叔的笔迹:"今日口令,走出草地,革命到底!"

哭了很久,许义华抬起头来,擦干眼泪,大步向前迈进。五叔留下的这个口令,他将永远铭记。

漫漫的长征路上,无数人为实现革命理想奉献了生命。但正是这些死去的先烈,给了后来的革命者革命到底的勇气和信心。

300 多名病号

长征时,李先念在过草地时说过的一句话:"前面部队吃豌豆头,中间部队吃豌豆杆子,后面部队吃豌豆根子。"

确实是这样。过草地时,前面的部队可以吃的选择相对比较多,等前面的人把能吃的牛肉、野菜都吃光了,后续部队的战士们只能吃剩下来的牛骨头、草根、树皮了。

而长征中的收容队,一般是在队伍的最后头。所以收容队可以说是最艰苦的部队之一,除了缺吃少穿,他们还要收容各种病号、彩号。

刘应启都是这样的收容队里的一员。刘应启和他所在的收容队,三过草地时,收容掉队的战友、伤员共有300多号。

刘应启在收容队中抬担架、背伤员,有时候一抬就是半天。他们除了跟战友们轮换着抬伤员外,还要背、扶病号和彩号。

每次过草地前,部队都会准备不少干粮,但是过草地的时候一个星期就全部吃光了。当生病受伤的同志们没有东西吃时,他们还要拿出自己的干粮分给伤员们。收容队的同志没有干粮吃的时候,就吃野草、吃牦牛粪便。

这些病号和彩号在刘应启和收容队员的照顾下,伤势恢复后就返回原部队,投入新的战斗。

收容队跟在队伍后面,危险系数很高。

一来,不明真相的藏民会觉得红军是入侵者,会对他们进行追杀,收容队是红军队伍的最后一道屏障。几乎每一次过草地,都要遇上几遭。刘应启他们只能发挥做政治工作的特长,耐心地向藏胞引导说服,最后才得以让病伤的战友通过。

二来,因为要顾及病号和彩号的行军速度,他们常常会跟大部队落下很大一段距离。

三来,背、扶伤病员要消耗大量的体力,他们常常会因体力不支倒在路上。

第二次过草地的时候,收容队带着伤病号行军到了草地的深处。突然,狂风卷着冰雹,冰雹裹着沙石,不由分说地向着队伍猛然袭来,粗暴地打在战士们的身上。

在一个土坡下,刘应启遇到一个战友。只见该战友顶风冒雪行军,已经是疲惫不堪,累得全身都发软。走到土坡时,坡陡泥又滑,他用尽剩下的力气想往上爬,却怎么也爬不上去。而他的身后,是一汪深不可测的沼泽地。一个没抓紧,就将被沼泽吞噬。

刘应启赶紧顶着冰雹奔上前,紧紧抓住战友的手,把他往坡上拽。战友气喘吁吁地对他说:"我实在走不动了,要不,你把我留下吧,别为我浪费力气啦!"疲惫的话语里全是哀求。

他大声对他说:"让我留下你,让你在这儿等死,不可能!"他一边让战友别再说话,节省力气,一边更紧地抓住了战友的手,喘着粗气说:"你要抓紧我的手啊,别放开!"

看着刘应启真诚的眼睛,战友再也说不出放弃的话。他犹豫了一会儿,最后还是伸出冻得发抖的另一只手,紧紧握住了刘应启的双手。

虽然刘应启此时也已经筋疲力尽,但他手里握着的是战友活生生的性命,说什么也不能放手。他将自己的一只手紧紧插进土坡的泥里，防止自己滑下去，另一只手死命抓住战友的双手，把他一步一步地往上拉。一步、两步、三步……终于，战友被拉出了危险区。

眼看胜利在望，这时突然一阵疾风打来，刘应启一个趔趄，两人都摔倒了。眼看着两人就要滑进泥潭，恰好这时九团政治处主任肖明德路过，看到两人处于危险边缘，飞身前来把二人拖住，然后拽着坐骑的尾巴，硬是把两个命悬一线的人拉上了土坡。

后来肖明德把一丝力气也没有的战友扶上自己的战马，赶上了大部队。力气耗尽的刘应启休息了一会儿，待体力稍稍恢复，也跟了上去。

每次遇到因伤、因饥饿而实在走不动的战友，刘应启就会用自己的乐观主义鼓励他们说："今天、明天有困难，走出草地就没了困难。"在他充满信心的话语中，掉队的战友们互相打着气，共同克服着重重难关，携手一起战胜了草地。

他和战友们还编写了收营歌、打油诗，鼓舞士气。"睡泥地，盖的天，头枕山，星星明月来相伴，红军变成了活神仙，把那小鬼子吓破了胆。""草原篝火满天红，行军方向是朝东，领导我们干革命的是共产党毛泽东，中国革命一定会成功。"这些充满革命乐观主义精神的语句，在长征路上广为传播，激励了一批又一批、感觉自己撑不下去、最终还是坚持了下去的红军战士。

假团长

红军战士贺大彬,是个来自四川的小伙子。长征时在部队里担任团部通讯员,虽然工作辛苦,但他很擅长苦中作乐,经常逗得整个队伍的战士们开怀大笑。

一次,部队行进到成都西边的芦山县城边,横在大家面前的是一条河,河上没有桥,大概是被敌人拆掉了,部队无法继续行进下去。

部队带的粮食所剩无几,没有补给,战士们只能吃附近的野草、树皮。很快野草、树皮都吃光了,跟别的士兵一样,贺大彬也饿得晕头转向。

一天,他无精打采地在一个山坡附近散步,突然,在山坡上的一棵树上发现了一个好大的蜂窝。他喜出望外,想也没想,就爬上树在蜂窝里抓了一把蜂蜜吃。岂料蜂蜜还没进嘴,成群结队的蜜蜂嗡嗡地向他袭来,蜇得他满脸都是包,眼睛肿成了小山丘。但无论多么痛,他手里还紧紧攥着那把蜂蜜。等蜜蜂飞走了,他忍痛把蜂蜜塞进嘴里,瞬间身上的疼痛都减轻了。

等他回到部队,战友们见状,开始大吃一惊,后来就都哄堂大笑。还有战友跟他开玩笑:"你吃什么好吃的了,一会儿不见就吃得这么胖?"

部队一休息，必做的一件事情就是漫山遍野找吃的东西。这次的休息地附近据说有野牛，所以部门马上组织战士们去山林里找野牛。有一次，大家果然抓到了两头野牛，好不容易把它们制服了，用绳子捆好了，就交给贺大彬看管。

野牛力气大，拼命挣扎时更是力大无比，好几次都把牵绳子的贺大彬拽倒在地。他使尽全力，还是有一头野牛趁他不备，挣断绳子跑走了。他觉得好惭愧，虽然战友们没人怪他，但他还是觉得让战士们饿肚子了。

所以当大家把剩下的一头野牛杀掉煮了吃，每人分到二两牛肉和一小块牛皮时，贺大彬坚决不要牛肉，只收下了一小块牛皮。路上饿了就把牛皮拿出来嚼一嚼充饥，这样一连嚼了两三天，直到把那块小牛皮嚼得像棉花一样，才吃到肚里去。

长征途中，战斗经常发生。一次，在一个小村庄附近，他们和敌人狭路相逢。考虑到敌我力量悬殊，部队决定撤退，敌人在身后穷追不舍。贺大彬和五个战友被困在一个山坡上，一时脱不了身。

敌人放话让他们投降，他们六人眼神交流了下，决定以退为进。他们安排两名战士原地瞄准敌人，准备好手榴弹，其他四人放下枪举起双手，朝敌人大声喊道："别开枪，我们投降！"敌人一听，果然放松了警惕，敌军的一个连长带着几个士兵上前，快靠近他们的时候，埋伏的两个同志一枪击毙了敌军的连长，又扔出手榴弹炸死了三个敌人。

敌军老羞成怒，不再上前，但也不撤退。他们于是又生一计，让贺大彬在山头假装团长，另一个战士装营长，还有一个假装通讯员，另外三个战士散开监视敌人。

山上的"团长"大声问："你们是哪个队伍上的？"

"通讯员"也大声反问："你们是哪个队伍上的？"

假团长

"团长"回答:"我们是红二团。"

"通讯员"马上报告:"前方发现敌情。"

于是"团长"赶紧下令:"一营从右边包围,二营一个连向左包围,四连从正面冲下去。"

几个战士随即猛烈开火,枪管都被激动的士兵打红了。

敌人被眼前的情况弄懵了,一时不知道发生了什么。但是再也不敢进攻,犹豫再三,最终还是被吓跑了。

敌人撤退后,大家都长舒一口气,擦了擦额头的冷汗。真是紧张的一关啊,幸亏贺大彬当时很镇静,同志们也都配合得很好。如果他们几个演砸了,六名战士现在估计都已经命丧黄泉了。

后来这件事情在部队中传开,大家都知道了贺大彬的光荣事迹。从此,大家都送了他一个新的称号:"贺团长"。

三过草地，两遇鬼门关

红四方面军有个叫任弼时的小伙子。在长征过程中，他一共走过三次草地，遇到两个鬼门关，险些送命。

第一次过草地时，他的右脚便被敌人布下的竹签阵穿透了。

那是一次夜间急行军，前有敌人堵截，后有追兵，任弼时带着一支十几人的队伍迅速向阿坝前行。他带队走在最前面，小心翼翼地穿过敌人布下的铁丝网阵。突然，一阵钻心的剧痛从脚底心传来，痛得他脸色惨白，冷汗直冒，连步子也迈不动，赶紧挥挥手让大家停下。他让战友提来马灯一看。只见一根大约 10 厘米长的竹签，从他的右脚脚底穿过，刺穿脚掌，脚背上还露出长长一截。

他一声痛也没喊，只坐下休息了一会儿，便一瘸一跛地带着队伍继续前进。

此后的一段时间，队伍连续行军，任弼时根本没有机会停下来休息。他咬紧牙关跟紧队伍，在草地和泥泞里前行。恶劣的环境让他的伤口化了脓，如果不及时处理，会进一步感染，整条腿都可能会废掉。

但当时医疗条件落后，也没有足够的时间让他养伤，他便让战友将纱布裁成窄长的细条，蘸了水穿过他脚上的伤洞，来回扯动，清除里面的脓血和息肉。

没有麻药,每拉扯一下,就像有个锯子在锯他的脚,疼痛从脚底钻到心底。但他硬是凭着自己坚强的意志,挺过来了。

处理之后,他的脚伤渐渐好转。只是脚背中央,永远留下了一块大约3厘米见方的凹陷。

第二次过草地时,任弼时的一只脚迈进了鬼门关,好不容易才死里逃生。

1935年,作为红四方面军总部教导团一连指导员的任弼时,带着大军从阿坝向绥靖方向进发。到达黑水河畔时,部队发现木桥已被毁掉,南岸则被土匪占领了。为了不被敌军发现,保证主力部队顺利渡河,任弼时和另外三十名干部和战士决定趁黑夜泅水渡河。

当时正是数九寒天的隆冬,河水冰冷刺骨,战士们站在岸边都被冻得瑟瑟发抖,更别说泅水到对岸了。但是,为了不被敌人发现,任弼时带着七名士兵勇敢地下到水里,用年轻的躯体抵抗入侵的寒气。

他们很快游到对岸,在南岸的敌军还没反应过来之前,发动突袭。大部分敌军都没搞清楚发生了什么,就在睡梦中被击毙了。任弼时及部下很快占领了桥头堡,大部队顺利地搭起了便桥,剩下的战士们顺利渡了河。

任务顺利完成,但任弼时却感染了重伤寒。情况在他们进入草地后变得更糟,军队里缺医少药,吃的也没营养,他的病一天天恶化,常常陷入昏迷中,只能由战友们抬着行军。

半个多月后,他们的军队终于走出草地,到了绥靖。任弼时已长时间休克昏迷,呼吸微弱,时有时无。有一天,他的呼吸微弱得彻底感受不到,战友们以为他死了,悲痛欲绝地把他留在了绥靖滩石崖下的山洞里,伤心地离开。

但任弼时福大命大,躺了很久很久,他竟然又苏醒过来。醒后他觉得无比口渴,而他身体十几米外有一条河。他想爬过去,但浑身疼痛难忍,又没有一丝力气,只能用尽所有力气往前方挣扎,十几米的距离,他爬了整整三个小时。

在他快到河边的时候,正好有个当地的村民发现了他。村民看到他头上的红军帽,赶紧上前探看他的情况,见他还活着,但身体虚弱,赶紧将他背回家治疗。

救了他的人是村子里的郝老汉。郝老汉膝下只有一个女儿,想收他为儿子,于是就像对待亲生儿子一般地照顾他,每天熬小米粥一口一口喂他。

但任弼时一心只想回到红军队伍里。他每天搬个小板凳坐在大门口,希望能看到军队里的同志,跟他们一起回去。

两个月后,没有等到红军同志,他的身体倒是在郝老汉一家的悉心照料下痊愈了。虽然感恩,但他还是挥泪告别了郝老汉全家,毕竟革命尚未成功,军队还需要他。

任弼时找到了在该地区活动的金川省委,通过他们重新回到革命队伍,开始了新的征程。

望兵桥

1935年的秋天,凤玉奎所在的红三十一军某通信连在康定城附近的一个藏族村庄做短暂休整,准备翻越大雪山。

临上雪山前,凤玉奎等几名战士在连队司务长的带领下,到泸定县去背运粮食。天气寒冷,粮食不足,加上长期无休的行兵,战士们都已疲惫不堪。返回康定的路途中,凤玉奎突发急病,昏倒在地。战友们赶紧上前抢救,但等了很久,也不见凤玉奎苏醒过来。

整支队伍背着重重的全连的口粮,不少战士等着这些粮食充饥续命,所以无论如何也不能耽误。加上每个战士都要背着粮食,没法再腾出手来抬凤玉奎,抬着他长途行军更是不可能。

万般无奈下,带队的连队司务长只能狠下心,将凤玉奎抬到路边显眼处,等待后续部队收留,而他则带着运粮分队的战士火速赶回康定,补充供给。

凤玉奎一直在路边昏迷着,直到晚上下起大雨,才把他浇醒。他在路边默默等待,终于等到了友邻部队的战友。友邻部队的战友收留了他,带他到部队的驻扎地烤干衣服,吃饱肚子,好好休息了一夜。

第二天,体力恢复点的凤玉奎告别了友邻部队,大步流星地去追赶自己的部队了。傍晚,他终于一步一瘸地赶回到了驻地。

而眼前的场景,让凤玉奎一生都难以忘记!

他的排长和全排战士,都在康定城边的木桥,焦急地等待着他。大家都翘首远望着,在凤玉奎进入大家视野的那一瞬间,全排战士都欢呼、鼓掌欢迎他的回归。

从那时起,康定附近的老百姓,都管那座木桥叫作"望兵桥"。

1934年—1936年,到达陕北的红一方面军一部。

受重伤 12 次的"小鬼"

1932年春天,红军来到了丁德山的家乡。受到红军的鼓舞,12岁的丁德山吵着嚷着要加入革命。但组织觉得他年纪太小,个子又矮,不肯接受他。不信邪的他又去了一次,还是被拒之门外。

他执着地又去了第三次。这一次,他事先准备好两块砖块,报名的时候把砖头垫在脚下,一下子"高"了不少。组织被他的坚定和机灵打动了,这次终于收下了他,把他分到了卫生队。

在卫生队里,他是个勤快又机灵的小兵,干活卖力,为人热情,卫生队上上下下都很喜欢他。

一次,红三十军的政委李先念来了,听说了丁德山的情况,跟卫生队队长说:"这个小鬼我要了,让他跟我一起走。"

就这样,丁德山进入到作战部队,开始扛枪打仗。大家都随着李先念,喊他"小鬼"。

他在李先念身边当勤务兵。在一次敌军的空袭中,他的腿受了伤。本来只是一点轻伤,但部队里面缺医少药,部队一直行军又没法休息,小伤口不断溃烂,越来越严重。

李先念把自己的坐骑骡子让给丁德山骑,但情况并没有好转,反而更加恶化了,烂的洞越来越大,里面还生了一团一团的蛆。他就趁部队停下休息时,把手伸进洞里抠里面的蛆,再痛也不喊疼，抠完了跟没事人一样继续走。后来李先念实在看不下去了，把他赶回卫生队，至少那儿有药。小鬼在那儿休养好了，马上又重新回到红三十军，继续行军。

初进草地的时候，还可以看到一些稀疏的树木、山坡和牦牛走过的足迹，但越往深处走，越荒凉，草天相连一望无际，除了杂草没有别的生机。草丛像陷阱一样，盖着下面的水坑，一不小心，就会踩进泥潭里沉下去。

"小鬼"就亲眼见到走在前面的一位战士，上一秒还在他身前走着，下一秒身体就陷进泥潭里。虽然身边的战友反应快，一把抓住了他，想把他从泥潭里拽出来，但草地实在太强大，救人的战友也被泥潭一起拖了下去。

"小鬼"也赶紧上前营救，但他自己也陷进了烂泥潭里。好在这时后面跟上来救援的战士解下身上的绑腿带，扔给他们，让他们缠在腰间，大家合力向上拉，这才把两个人从死神手中夺回来，但第一个掉下去战友已经彻底被污泥吞没了。

过草地凶险万分，爬雪山也是万分凶险。雪山上，气温零下几十度，风霜如刀剑，刀刀划着战士们的脸，把他们的脸上划出一道又一道的小口子。风从他们单薄的衣服刮进去，直接钻入每个人的骨头里，仿佛咯吱咯吱地在锯着大家的身体。

有的战士想到避开正面和风雪撞上的好办法，就是倒着往上走，脸朝下，屁股朝上。虽然姿势很怪异，但总算能睁得开眼睛走路。

雪山上是不能停的，天气太冷，如果意志稍微不坚定停下来，过不了多久就会冻成一座冰雕，永远地把自己留在雪山上了。

整个长征途中，"小鬼"先后负伤十二次，肩膀上有一个疤，腿上有一个洞。尽管如此，每次打仗，他都要求跟着突击队第一个上。

他在四川广元、甘孜、岷山都负过重伤,组织上要求他留下来养伤,可他一次都没落下。

就像长征中宣传员鼓励战士们的竹板声唱的那样:"红军是英雄汉,身无御寒衣,肚内饥。晕倒了爬起来,跟上去,走到宿营地。"

一支人参

四渡赤水之后,红军来到走马坝,就在当地驻扎了下来。

因为长征以来,红军坚守"三大纪律八项注意",风评特别好,老百姓们也都非常欢迎他们,所以纷纷把自己的房子给红军们住,他们觉得能帮助红军,是一种无上的光荣。

红军们都分别寄宿在老乡家里,其中有一户人家当家的叫方少周,他们家也被安排了两名战士。方家全家都对红军战士们很好,战士们也感激在心。

时间久了,他们就了解到,原来方家六十九岁的老母亲已经因病卧床很久。由于家境清贫,不能延请名医,只能用普通大夫开的普通药方续命,眼看就要不行了。方家上下心急如焚,但实在没有办法。

战士们听了,也感到非常心焦,特别希望能帮助他们。

有一次,营长到各位老乡家里视察。到了方家,两名小战士一五一十地跟营长说明了方家的情况。营长听了眉头紧锁,突然,他大手一拍,兴奋地说:"嗨,我包里还有一支人参呢,赶紧用水煎了给方老太太服下。"

这支人参营长已经随身带了很久,原来他是给自己的母亲留着的。但因为革命,他已经太久太久没有回过家,母亲的身体情况他也一无所知,说不定已经不在人世了。既然现在有人需要,那就给需要的人吧,如果母亲知道了,也一定能理解他的。

人参实在是太珍贵了,方老太太和方家人一开始拒不接受。但营长再三坚持,方家终于千恩万谢地收下了。

方老太太服了参汤,身体渐渐精神点了;又接着喝了几次后,病情慢慢好转,到红军们离开时,已经可以下床了。

虽然方家人在营长离开后再也没见过他,但他们一家人都惦记着营长的大恩大德,感念他,感念着整个红军队伍的好。

1958年3期《人民画报》：徐特立参加红军在1934年—1935年的两万五千里长征。他的军帽是他自己亲手制作。

长征中的医院[①]

一、医院中有儿童、妇女、老头、病员、伤员五种特殊分子,我就是其中之一。首先就说到儿童。医院的看护,大部分是儿童,其中有些青年,数量很少。

我们行军大部分是强行军,医院也是一样。每日到达宿营地,看护马上就把自己的包袱、干粮袋、雨伞,向地上一丢,或迅速的挂在壁上,飞跑着去找门板,找禾草,替伤病员开铺,恐怕慢了一点,门板被别人搬去没有了。看护虽然是儿童,他们的脚特别长,跑步特别快,因为迟慢了工作,就要遭失败。眼睛也特别锐敏,刚到宿营地,眼睛四射,路上经过的禾草门板,一根一块,都反映在他们的眼睛中。自此,他们养成一种特别的注意力。

铺开好了,伤病员可以减少痛苦了。但是上药的工具要消毒呀,伤病员还要喝水呀,洗脚呀,换药呀。快跑快跑,找柴火去吧!找水去吧!哪里有桶呢?哪里有锅子呢?医院中两三连伤病员,

---

① 本文作者为徐特立。徐特立(1877—1968),又名徐立华,原名懋恂,字师陶,湖南人,著名革命家和教育家。他是毛泽东和田汉等著名人士的老师。被尊为"延安五老"之一。

1911年参加辛亥革命,1927年加入中国共产党,同年8月参加南昌起义。1931年11月当选为中华苏维埃共和国中央执行委员会委员。1934年参加长征。新中国成立后,曾任中央人民政府委员会委员。1968年在北京逝世。

用的东西哪里去找呢？快跑吧！捷足先得。炊事员叫着："开饭呵！"看护又忙起来，又叫喊起来，赶快洗，赶快洗！要拿洗脚的盆子打菜去！以上这些就是儿童们的宿营忙。

准备出发了，捆禾草送还原地，把门板送回原处上好，借的东西一概送还，打烂了的东西照价赔钱。一切准备好了，出发吧！还没有，昨天的绷带一大捆还没有洗，怎样办呢？在路上休息时去洗吧！洗好了，背在背上，或挂在伞把上去晒，好好的留意，宿营的时候要用呀！

"小同志呵！前面部队走不通，你们去找河沟洗脚、洗脸、洗绷带。看护员你另派二三人烧水，昨天还有几个伤员没有换药呢？"医生叫着。

"前途部队走不通，因为桥断了，还没有修好，还有两点钟休息，你们洗好了东西，上好了药，就来上课。"指导员叫着。

以上这些是看护员在行军中的工作。特别情况下的工作还不在内。如路上发生急症，担架发生问题，另有临时工作。至于背干粮背米，也是经常的工作。

二、妇女的生活及工作：

出发时组织了一个工作团，其中有二十个妇女两个老头。一个老头五十岁，当该团的主任，一个六十岁当副主任。我就是副主任。还有一个老头五十六岁，中途来的。二十个妇女都是干部，都是党校的学生，都是劳动妇女，都是步行二万五千里，并沿途做工作，从江西到陕北，没有一个掉队的。三个老头也一样，到达了目的地。

先把妇女的工作，可记录者写几件：

她们的工作主要是沿途雇担架夫子，进行夫子及伤病员教育和关照工作。但所雇民工不够时，自己也曾当过夫子。出发时担架总在后面等候夫子，常常部队出发了两三小时，担架才开始行动。担架很笨重,常赶不上部队,有时天雨路滑,夫子跌倒,尤其是上高山,过急水,转急弯,常发生意外危险。这些困难,招呼担架的妇女,首先遇着,但她们总由自己解决了,举出一些实际例子如下:

出发了。还有三个担架没有夫子。怎样办呢?"主任有一个马,连长也有一个马,拿来给病稍轻的几个同志骑,还有一个担架,一面由刘彩香同志沿路去找夫子,我和邓六金同志暂时来担着。"危秀英说。"不对!危秀英矮小,邓六金高大,一高一矮不好抬,我来吧!我和六金一样高。"王金玉说。秀英就在后面押担架,六金和金玉就自己做起夫子来。这并不是经常的,但两万五千里中有过几次。

部队是照路前进,那雇夫子的妇女同志,总是从路的两旁到群众家里去宣传鼓动。因此部队行五十里,她们就走了六十里或六十五里。在二万五千里中,她们就有二万五千五百里,或二万六千里了。

前面高山来了,李伯钊就带几个女同志和儿童,首先登山,在山上唱歌,喊口号,使所有的夫子及伤病员,都愉快地翻过这高山。李伯钊是革命根据地艺术中明星之一。她的歌曲,大部分是苏联学来的,十分雄壮。同时她也会唱小调,很艺术的革命小调,又十分优美。歌声一起,大家都忘却了疲倦,齐声呼:"好呵!再来一个!"这也是经常的事。天黑了,全体部队到了宿营地,担架还掉在后面,妇女同志在担架后面跟随着。

三、老头,我是老头之一,就把我的行动为例写一下:

这次长征,我的精神上是愉快的,因为愉快,就克服了一切困难。为什么愉快,以后再说,先说困难。

夜行军的困难:我们有几十个担架,有二三十匹马,有几十个药箱子,集中起来,目标很大,行动很慢,飞机来了,就没有办法。

跑吧！担架笨重。隐蔽吧！浅草灌木，不能掩蔽。因此，夜行军就成了经常的行动。

"天雨路滑黑暗，前头部队走不通，我们两人就在这小屋里宿营吧！明天早起赶部队，过茅台河。"××同志叫我，我却不赞成。我们虽然是老头，自由脱离队伍，是不对的。我还是随队伍去，从十二点钟走到天明，整整的走了六个钟头，回头一看，小屋子还在旁边。那个同志早起从屋子里走出来，我还看得清清楚楚。因为每小时只走几步或几十步，或站一两个钟头不移动。

在过大渡河前两日，经过"回族区域"，一日行一百四十里，天黑下雨。马夫不走，自己牵马，用一手拿着缰绳及雨伞，另一手拿着一根竹棍，在路上拨来拨去，作黑暗中的向导。经过悬崖，马不前进，用力拉，马骤然向前一冲，我就随着马的前足扑下来了。伞呢？跌成两块，马上的被毯鞍子均落在地上。悬崖下河流澎澎，危险声在耳边鼓敲着。部队走了，掉了队怎样办呢？还有多少路宿营呢？不知道。从容不必着急，前面没有部队阻我，后面也没有人。我把马鞍上了，捆好被毯与被子，再向前进。足足走了一百四十里，在上干队指挥科宿营，房子小，不能坐或睡，站了几点钟，天明了前进，找自己的部队吧！天明路好走，马夫也赶上来了，替我牵马，走了五里，他不愿走，停止了，没办法，他五十，我六十，他比我更弱，让他吧！我继续前进，赶上了部队。夜行军不算什么事，天雨路滑黑暗，也是经常的，我们成了习惯，可以抵抗一切。妇女儿童也有同样的抵抗力，并不奇怪，算不得什么事。

过雪山：一共过了三个雪山，第一次是在六月天过的夹金山。过雪山的前夜，在山下露营。这时我没有伞，没有油布，也没有夫子和马，晚上睡在两块石板中间，好像睡在棺材中一样，上面盖上一幅蓝布，晚上下雨，蓝布湿了，毯子和衣还是干的。半夜出发，走到半山上，雨雪齐下，披在身上的毛毯全湿了，衣和裤子也全湿了。毫不觉得冷,因为山陡,费力多,体温增加。天明已经下到了半山,雪止了,下行也容易了,但湿衣湿毯,感觉寒冷,用跑步前进。到山下时,衣裤完全干了。这一困难渡过后,精神特别愉快,自己以为抵抗力超过一般的同志,不知不觉骄傲起来。同时也被多数同志称赞说我可活到九十岁。

最后过的雪山,是康猫寺前的一个雪山,上下八十里。在急陡的地方,我总是走十几步到一百步,一休息,不坐下,站立休息。这样的休息法,可以节省时间,又不致过于疲劳。但一到下山,就不停的快步前进,赶到别人的前面了。当达到康猫寺前一日,原指定在马塘宿营,只走七十里,我们在山上望见马塘,就在山上休息一下,摘草莓吃,因此落了伍。一到马塘,看见桥上一个条子:"我前进三十里,到康猫寺宿营。"天已晚了,已行七十里了,途中没有人家,政治科有十余个同志,叫我在马塘露营。我认为我应该做模范,不应该掉队,我一个人单独去赶队伍。但大队伍也在半途露营,没有到达康猫寺。

渡乌江①

向着乌江进

突围北上抗日之野战军于年底(一九三四年)已到达黔东南黎平、锦平、剑河、施秉、台拱、镇远各县城,所向皆捷,连攻连占。据军团长政治委员面告:

"进抵黔北,夺下遵(义)桐(梓),发动群众,创造新的抗日根据地,是野战军当前之战略方针。"

据群众报称,遵义是黔北重镇,桐梓则是贵州烟鬼主席王家烈及其"健将"侯之担巢窝,漂亮异常,其以南之所谓"天险乌江",实为遵桐天然屏障。板桥附近之娄山关,是地理上有名之地,据险

---

① 本文作者为刘亚楼。刘亚楼(1910—1965),中华人民共和国开国上将,福建省武平县湘店乡湘洋村人。在其革命生涯中,历任抗日军政大学训练部部长、教育长、东北民主联军参谋长、东北野战军参谋长、东北军区参谋长、四野兵团司令员等职。先后参加了文家市战斗、第二次攻打长沙、吉安战斗、中央苏区历次反"围剿"、突破四道封锁线、强渡乌江、进攻遵义、四渡赤水、夺取泸定桥、直罗镇战役、东征战役、苏联卫国战争、三下江南、四保临江、辽沈战役、平津战役、抗美援朝等。

中华人民共和国成立后,历任空军司令员、国防部副部长等职,为全面加强空军正规化建设起了重要作用,使空军部队成了一支训练有素、具有相当规模的重要国防力量。

渡乌江

可守,欲下遵桐,必先除此两险,才能说到攻城。

我师(第一军团第二师)在奉命攻占老黄平(黄平旧县城)后,有担任先头师迅速突破乌江攻下遵桐之任务。干部受领了这样的伟大任务后,都满怀着遵桐是当前必攻之战略要点。我们又当先头师,为了执行党的路线,完成军委战略方针,无论什么"天险乌江",重要的娄山关,都非摧破不可的决心。马上开始了情况的搜集,准备着政治的动员。

"同志!(对群众)此地到贵阳(贵州省城)多少路?"

"贵阳好打吗?"

"只有一百八十里!"

"王家的人(指王家烈的兵)不多的,你们红军大队去打,一定要开呀,那里还抵得住啊?!"

"是!我们就要去打贵阳,把贵阳省打开来好不好?"

"好呀!贵阳打开了,免得王家烈榨取,榨得这么狠呀!"

这样的伴言,已经在老黄平到处传出去了。

先头师(中路)出发了,自此向着乌江进,天半行程,到达了乌江南百二十里之猴场,该地区公所及由余庆方面被我右路(第一师)击溃之敌一团,早已闻风而逃,群众夹道欢迎,讯问乌江情形,都称"乌江是天险,水深流急,不能通船,江那岸早就有侯家的人(指侯之担)把守!"

长征中的过年

年底的最后一天(三十一日)照旧是要开盛大的同乐会,庆祝一年来的所得胜利,检阅一年来的战斗和工作,游艺会餐,极其热烈的(如在中央革命根据地时)。但今年的过年是在长征中,会餐游艺都是比较小的单位进行,最主要的精神是集中在前面的战斗,所以特有另外一种紧张的气象。部队的晚会,都进到报告和讨论军委当前之战略方针,鼓动突破乌江之战斗,"突破乌江","拿下桐梓","完成军委所给先头师的战斗任务","到遵桐去庆祝新年"……是当时的中心口号。部队经过军人大会,支部会议的动员后,都极其紧张"四道封锁线都一连突破","乌江虽险,又怎能拦住红军的飞渡",是当时每个人共有的胜利信念。

乌江的侦察

新年的第一天,是乌江战斗开始的一天。前卫团已逼近边之江界河(渡口),行威力侦察,结果是江面宽约二百五十米,水流每秒一米达八,南岸要下十里之极陡石山,才能至江边,北岸又要上十里之陡山,才是通遵桐的大道,其余两岸都是悬崖绝壁,无法攀登,站在沿边一望,碧绿的乌江水,墨黑的高石山,真所谓天险乌江!原来南岸是有几间茅房,但敌人已放火焚尽,怕为我利用。我先头部队已抵达离江边三里,对岸敌人未发觉,先头团长(耿飚同志)即化装到江边先行侦察,敌仍未发觉,只是在对岸拼命做工事。敌人的布置是在渡口(大道上)配备一个连哨;渡口上游约五百米远处有条极小的横路,与渡口大道相通,勉强可走人,但两岸少有沙滩,很难上岸,敌人在此配备有排哨;在离江水百余米之岸上筑有工事,大道上一个庙里住有预备队;其大预备队则在离江边五里之后面山上,约一个团。我们前进占据离江边数百米之一个油榨房,敌开始发觉,"乒乓"向我打枪了。

"双枪兵(贵州军队极多吸鸦片烟,很多都有烟枪,因此称其为双枪兵)呀!看你又倒霉了!看你守得几时?"

渡乌江

"乌江不知道到底有几宽?！这两边的石山的确相当险要哩！这里到遵义不知还有好远呀?！"战斗员正在这样议论着。

先头团的干部及师长政委都亲来侦察过了,这时(中午)遂下了这样的决心:渡口大道是敌人极注意之处,工事实力都比较厚,上游五百米处,彼此岸均能上下,而敌人没大注意,其余则无处可上下岸。决心佯攻大道,突攻其上游点,并立即派部队搬架桥材料到渡口边,表示要在此架桥,以吸引敌人注意力。果然敌人在渡口对岸赶修工事,不断向我方射击。

水宽水急,无筏无船,我工兵部队即赶制竹筏,以便强渡及架桥;另动员部队中善于游水的指战员十八人,以备游水过江,驱逐敌之警戒,掩护后续强渡。这十八个红色战士虽在严冬冰天,为了完成战斗任务,无一不勇气激昂,经过师政治部进行政治鼓动后,都说:"为突破乌江,完成军委战略方针,气候寒冷,是不能战胜我们的战斗热血的！"

一 次 强 渡

密云微雨,冷风严寒,强渡决定在今天(二日)。一切都配置好了,九点钟光景,渡口方面佯攻开始了,敌人慌忙进入工事,不断向南岸射击,大叫:"快点！'共匪'要渡江了！来了！打呀！"这方面打得很剧烈了,主要方面的机关枪、迫击炮也叫了。我游水过江的第一批八个英勇战士赤着身子,每人携带驳壳一支,"扑通"一声,跃入江中。那样冷的水里,泅水极感困难。十几分钟后,才登彼岸,隐蔽在敌警戒下之石崖下。此时敌之警戒恐慌万状,大叫:"来了！""过来了！注意！"但可惜交他们游水时拉过去后准备架桥的一条绳因水流太急又宽,无法拉得过去,一方面泅水过去的同志受着寒冷刺激,已无力气,另派人继续以竹筏强渡,第一个筏子撑到中流,受敌火射击沉没了。此时虽有八人已登彼岸,亦无济于事,只得招这八个人泅回。其中一个赤身冻了两点多钟,因受冷过度,无力泅回,中流牺牲了。第一次强渡遂告无效。

"水马"在乌江

一次强渡虽告失效,但完成战斗任务的决心丝毫没有松懈,而且更加紧急了。一个办法不成,二个办法来了,问题是无论如何要突破乌江。后即决定夜晚偷渡,以避敌火射击,减少死伤。工兵迅速赶快制造双层竹筏,部队进行另一动员,黄昏后选定担任偷渡之第四团第一营,沉着肃静,集结江边,除江水汩汩的声音外,毫无声响,敌人在对岸对我稀疏的打零枪,竹筏撑手都配好了,第一连的五个战士首先登筏,并约定靠彼岸后以手电向我岸示光,以表示到达,并等齐一排人后,才开始向敌警戒袭击。第一筏偷偷地往江中划去,敌人并未知觉,仍然沉寂的打枪;第一连连长毛振华同志率传令员一人(马枪一支)轻机枪员三人机枪一挺,登第二筏再往江中划去;第三、四筏是在望着登岸后再去,但二十几分钟之久,竟无电光显示,是否已靠彼岸,实难测了,迟疑稍久,不好再划。一个多钟头后,第一筏的五个战士沿岸回来,据报因水流急,黑暗里无法指向,至江中即被冲流而下两里许,才顺水流靠此岸,弃筏沿水边摸索而回。这种情况下,第二筏是否已靠彼岸抑或被水冲走,则更难预料了。但不管如何,有再划一筏试试的必要,但第三筏划至中流,不能再划,不得不折回。此时第二筏毛连长亦毫无动静,这样当然不能再划,偷渡又告无效而停止。

渡乌江

坚决突过去

时间宕延,敌情紧张(蒋贼之薛岳纵队尾追我军),电促迅速完成任务。忠实于革命事业之指战员具备着誓死为着党的路线之决心。虽强渡偷渡接连失效,但毫不灰心丧气,只有再思再想,想出更好的方法来完成任务。结果决定只有再行白天强渡,一面好使用火力掩护,一面便于划筏。

在两天来隔河战斗中,在"红军水马过江、火力非常猛烈"(守江团长给其旅长的报告中这样写着的)的威胁下,敌人增加来了一个独立团。果然今天(三日)大道上面及强渡点背后山上都增加了哨棚,并有迫击炮向我岸射击了,沿河仍在加修工事。一个是无论如何要抵住,一个无论如何要突破,抵住吗?突破吗?问题只有在战斗中才能解决。

九点钟(三日)强渡又开始了,大渡口只以少部佯攻。在我浓密的火力掩蔽之下,装好了轻装的战士三筏(十余人)一齐向敌岸划去。敌人虽尽力向渡筏射击,但在我火力威胁下,不敢肆意射击,三个竹筏在划到中流以前,都未遭死伤,一个划手同志竹篙连断三根(三次被敌枪打断),也不管敌火如何,只有坚决继续强划。两岸火力正酣密时,三个强渡筏子快靠岸了,第二批正要由我岸继续渡了。敌人也极其恐慌了,拼命向强渡者射击。谁知道正在敌军士哨的抵抗线脚下石崖里,突然出现了蠢蠢欲动的几个人。在敌人只看得见来了三个竹筏,而并未顾及脚底下埋伏了有人。这下子接近着军士哨的轻机枪开始抵近射击了。接着一个手榴弹,把敌人的军士哨打得落花流水,逃之夭夭。迅速占领了敌军士哨抵抗线,我三个竹筏上部队乘机登岸了。这时的确大家都有些奇怪,特别紧张了指战员的热情,战士们都恨不得一跃过江,先捉守江的"双枪兵"。"这个好像是毛连长他们呀!我看一定是呀!""他们五个人果然登了岸呀!"指战员是这样的估计(原来确实就是他们,情形另说)。"双枪兵该死了,我们的先头上岸了,"战斗员这样议论着。"同志们准备啊!继续渡过去,要把对岸敌人肃清,才能算胜利。"政治指导员支部书记在后续部队中鼓动着。

江边过夜的毛连长

战斗在开展着,强渡在继续着,这且搁下再说。提前说一说我们的红色英雄怎样在敌人脚下过夜!——毛连长于二日晚偷渡时,率战斗员四人登第二筏。这个竹筏不知怎样竟然靠了彼岸,在他们登了岸后,总是望着后续再渡,却都不见来(虽然用了一根火柴示光,但因离敌太近,不好过于现光,而我岸竟未看见,因此两岸都无从推测),只听的清清楚楚(离敌人只二三十米远)的敌人声音在说:"快做呀!今天晚上无论如何要做好!共匪明天必定又要强过的。""要做厚一点!共匪炮火太厉害了!"一下子巡查哨的排长来了,"三班长!工事做好吗?要注意呀!怕他的'水马'晚上弄过来啊!"

这个情况下,我们的毛连长只得等着机会来动作了。我们的一个战士在那江水旁边冷风下耐不起冷,对连长极细声说:"连长!屙痢贼筒!(江西会昌之土语)他们不来姐,弄个弄绝个!(指倒霉)他们没来姐!让般所啊?(指怎么办)"毛连长坚定的告诉他:"不要紧!他们会要来的,如果今晚不来,明天会来,如果实在不来,我们躲在这里也不要紧,自然有办法,你不要着急吧!"此时

渡乌江

只听得敌人士兵在谈:"这个红军真厉害,昨天上午那些水马真不怕冷啊! 泅水过来,好在没有过来几个,否则糟糕!""我听排长说这是他的先头队伍,再两天大队来了,更要不得了!"我们的战士向连长提议说:"我们去打坍这上面一班人吧! 有把握!"毛连长不主张,"我们几个人去同敌人打,固然可以把这一班人打坍,但并不能解决问题,特别会泄露秘密,甚至反遭损失!"毛连长只招呼着四个战士在一块,忍着过夜,虽然冷风习习,丝毫未使他们丧气惊慌。过了一会,一个战士(轻机枪班的)偶然不在此处,几个人到处摸索都不在,天黑不辨咫尺,又不能发声叫喊,亦无可奈何。毛连长警惕着在这极恶劣的环境下,这个战士(因为不久才从白军中俘虏过来的)有可能投敌告密,毛连长急忙告诉其余三个战士:"万一敌人发觉,我们只有极坚定的待敌走拢后以手榴弹对之,打掉他一些后,实在胜不过他,只有投江。我们是红色战士,我们应该死不投降,投江而死是光荣,投敌而生是耻辱,更不得生。"我们的毛连长真是沉着英勇警觉的红色英雄呀! 再过了一会,这战士摸了转来,他说:"我摸那边屙屎去了。"毛连长:"屙屎就在这里屙不好走出去怕敌发觉!""连长,这里会臭!"连长:"不怕臭,可用泥盖着啊!"过后五个英勇战士就大家围在一堆,在这江水浩浩,冷风习习的乌江边石崖下过了一夜。

江 边 激 战

好! 回过来讲战斗情况吧:第一批强渡之十几个战士与毛连长等会合了,在占敌军土哨抵抗线后,继续向敌人排哨仰攻,连接几个手榴弹,在轻机枪掩护下,刺刀用上去了,敌人排哨抵抗线夺取了,一个排死伤过半,往上坍去。到我们的强渡部队进击到那壁陡的壁路下时,敌人的援队来了(今早又增了一个团,由侯之担的亲信健将林秀生旅长指挥)。敌共有三个团了——第三团、教导团、独立团。敌约一个营,居高临下的进攻,我十几个战士无法再追进,敌人虽然想由陡壁小路下来,但因我岸火力掩护着,有趣极了,我防空排长的(他在湖南道州时曾打下敌飞机一架)重机关枪一扫射,想下来的敌人一个个像山上滚石头样往江里滚,终于使敌人无法下来,同时大渡口边也在用竹筏作强渡的准备。

过去了一排人,并派了共产党总支部书记(林钦材同志)、保卫局特派员(周清山同志)去领导政治工作,第一营营长(罗有保同志)也过去了;这排人一下子冲锋了,把敌人打退了,一部前进,到了半山,但因为石山太险,不能散开,极不便接近,终于又停止,没法前进。"健将"林秀生督队反冲锋了,我最前面的几个战士,在敌人火力下,大部死伤了。在敌逼迫下,前面之一个班,无法站住,退下来,敌也企图追下山来,我们的政治干部鼓动着:"同志!退不得!后面是江,退则死!"后面一个班增上去,扼住了敌人。因为地形关系双方只得相峙。

真正是无坚不摧

在这样的地形限制下,战斗无法进展,后续队在继续筏渡,正在敌我相峙不下中,我强渡指挥员察觉了在我左侧的一处石壁可能攀登上去,旋即派一个班缘此处攀登而上,经过那峭壁巍峨,竟占领敌右前方之一个石峰。在这一个班的火力猛射下,敌人站不住了,正面猛冲,敌开始动摇(此时强渡部队已过去一个连了),旋即猛攻,夺得敌主要抵抗线,此时大道渡口之敌听见这边的冲锋号,喊杀声,手榴弹声,炮声,知道事情不好了,亦开始撤退。我先头的一个连即跟踪猛追,把敌人全线击溃,天险的乌江,就这样的被突破。首先过去的,只有二十二个红色英雄。

一个连猛追三个团

敌人受创后,直向猪场逃窜,我最先头一个连,并未停顿等待后续即跟踪猛追,敌人三个团弄得鸡飞狗走,草木皆兵,不惟不使他有时间来整理部队,掩护或反攻,就连歇气屙屎的时间也来不及,使得这些"双枪兵"丢的满路烟枪,那稀烂的装备,官长的行李,公文,抛弃殆尽,沿路溃散在山林中。一个所谓"三八式连长"(他一连人都是三八式,是侯之担的基干)负重伤,用绳捆起四手四脚,像抬猪一样来抬,也抬死了,更因天雨路滑,跌死了很多。

猪场是"江防司令部"所在地,那个江防司令林秀生从江边逃回,连司令部的文件电稿等什么都不要了,就带起三个团不要命的往遵义逃窜,我追击的一个连当即于下午五时占领猪场(离江边四十里)。据群众报告:"双枪兵"们都说"红军的水马真不怕死,不知道怎么,乌江都过来了!特别是红军的铁锤炸弹(即木柄手榴弹)十分厉害啊!一打来就要几个对付他!"林秀生的所谓"江防工事,重垒而坚,官兵勤劳不懈,挽险固守,可保无虞!"(林秀生给侯之担的电报)结果只是"莫道乌江堑,看红军等闲飞渡"!

贵州茅台渡口。1935年3月,中央红军在此处第三次渡过赤水。

娄山关前后①

一、二郎滩的背水战

在"回师遵义"的途中。

这一次是赤水河的再渡,一路来浩浩荡荡,然而当前横了一道河,名叫做二郎滩。遇水造桥的任务就摆在先锋两个团(十二团十三团)的面前了。

环境并不那样的太平,倘若敌人在对岸凭河堵击,事情可就麻烦了,而且事前又得到一个情报,说敌人有于×月×日以其主力阻我渡河之模样。

"争取先机呀!"一面纠合红色工兵搭浮桥,波浪作了他们斗争的对象;一面使用红色水手们乘船渡河,首先是占领阵地,其次是远出游击。船仅三只,每只能装三十人,一来一往,大费力气。战

---

① 本文作者为彭雪枫。彭雪枫(1907—1944),生于河南省南阳市镇平县,中国工农红军和新四军杰出指挥员、军事家,参加过第三、四、五次反"围剿",二万五千里长征,组织过土成岭战役,两次率军攻占娄山关,直取遵义城,横渡金沙江,飞越大渡河,进军天全城,通过大草原,是抗日战争中新四军牺牲的最高将领之一。他投身革命20年,被毛泽东、朱德誉为"共产党人的好榜样"。

士们急如星火,然而只有"等"。

一个营过去了,机关枪过去了。游击队派出了,阵地占领了。忽然远方传来了零碎的枪声,接着送来了轻重机关枪声,最后渡河部队的报告说,我游击队与敌接触,敌番号兵力不详,但估计约在一团以上。每一个人都在想:"增援!增援!"然而浮桥才架起了五分之一,船仍然是三只,每只还是只渡三十人。

"赶快呀!""赶快呀!"

终于渡过了两个营,劈面是个高山,三步缩做两步拥上去,敌人的子弹从耳旁飞过,部队展开了,炮弹一颗一颗地落在前面或者脑后。

这是一个背水阵。

敌人是那样的不行,我们的冲锋部队还隔着几个山头,他们就溜,而且像流水样的溜了;追过去,追下了悬崖,敌人从悬崖边跳下去,跌死或者跌伤,一个窝里就跌了有四十。胜利者不能像那样的跌下去的,所以只得弯了路,敌人就乘这个机会跑得无影无踪了!满山遍野的背包、衣服、手榴弹、军用品,以及敌人死者、伤者身上的枪支、子弹,在今天统统换了主人。据俘虏说,他们是侯之担的两个团,而且是个什么副师长率领的。

黄昏之后宿营了,准备着第二日至上征途。

二、乘胜直追,目标向着遵义城

长征以来,遵义是最使战士们想念的一个城。那比较繁华的街市,那相亲相爱的群众,那鲜红的橘子,那油软的蛋糕。然而现在那凶恶的青天白日的旗子却插在遵义城上。

此次在向云南途中的"回师",遵义是我们的唯一的目标。大家心目中的敌人,除了不在眼前的王家烈之外,还有自江西出发就跟在屁股后面捡破草鞋的周浑元。"打倒王家烈!消灭周浑元!"这口号每天挂在人们的嘴上。

渡过赤水河,二郎滩战斗胜利之后,遵义更加接近了,两条腿分外来得有劲儿。

沿途的民众们"多谢"了国民党的苛捐杂税的"恩赐":十八岁的大姑娘没有裤子穿,五六十岁的老头子,屁股总是露有半边,成群结队站在大道两边欢迎着他们的红军。随便喊一声:"当红军来哟!"壮年们就会跟着走的。那个时候,每个团一天总要扩大百儿八十个新战士来的。

有一天微雨途中,丛林中突然出现了一个上半截披的如像棉袄、下半截烂了裤的汉子,拦住马头跪下,双手送上一张状纸,开头一句是"启禀红军大人",内容是因受某劣绅的欺压,逼其妻又索其女的,新仇旧恨,请求红军伸冤的一张"状纸","状纸"还没看完他那里已泪流满面了。稀罕哪!包文正大人常常干的那一套,居然今日重演了!

经过政治部的调查,所谓某劣绅确是当地的一个大土豪。向导,自然是他自告奋勇,捉来之后,第一个拳足交加的就是他,复仇的痛快叫他忘记了裹在腿上的烂裤子。经过人们的劝阻,他的余恨终究未消。

我军驻在回龙场休息一天,大的干部会中,毛主席做了报告。大会中军团政治部提出了号召,把消灭周纵队薛纵队的勇气提得更高了!

三、娄山关

从川南到黔北的遵义,桐梓县是大门,娄山关是二门,主要的还是娄山关。倘若占领了娄山关,无险可守的遵义县,就是囊中物。所以娄山关便成为兵家必争之地了。

娄山关雄踞娄山山脉的最高峰。关上茅屋两间,石碑一通,上书"娄山关"三个大字。周围山峰,峰峰如剑,万丈矗立,插入云霄;中间是十步一弯、八步一拐的汽车路。这种地势,真所谓"一夫当关,万夫莫开"了。

守关,王家烈是懂得的。在我们占了桐梓之后,抢夺娄山关这一光荣而严重的任务,便交给十三团了。娄山关上的一攻一守,十三团单独担当。浴血大战的英勇气概,仍然不减当年。

还在中央革命根据地的时候,一九三三年的东征,即有名的东方战线上,我们的十三团和十九路军的三百三十六团在福建延平县青州地方来了一个遭遇战。不过两三个钟,我们的一团他们的一团,一团对一团把他消灭了。据说三百三十六团在上海和日本作战的时候,是顽强的一个团,是出风头的一个团,是缴日本兵钢盔最多的一个团,然而当他们执行国民党反革命命令杀向人民头上时,这一团的钢盔又转送给红军了。

蒋介石对江西革命根据地的有名的五次"围剿",五次"围剿"中有名的"高虎脑万年亭战斗"就是十三团配合友军建立下的血汗功劳。不管那时的战略指导怎样错误,十三团在这一战斗中的英勇顽强的精神是永远值得学习的。那几乎是空前的残酷的战斗。敌人汤恩伯、樊崧甫两个纵队六个主力师,配合炮、空两军,气吞山河似的向着我石城县驿前以北之高虎脑防御阵地攻击前进了。敌人欺负我们没有空军,缺乏炮兵,冲锋部队总是集团的一个团。最前锋是草帽、蓝衣、驳壳、马刀的法西斯帝蓝衣社匪徒六七十人。七架飞机在空中投弹,几十门大炮轰击,烟雾冲天,杀声震地,使你听不出机关枪和步枪的声响。沉着抗击的我们十三团的第七连,顽固地守着堡垒,等待敌人接近工事了,首先报之以机关枪,继投之以手榴弹,最后还之以出击,敌人血肉横飞地躺下去或滚下去了!点把钟的时候,又是同样的冲锋,同样的轰炸,同样的杀声。红色战士们同样的坚强,同样的投手榴弹,同样的出击。结果,敌人又是同样的排山倒海,同样的血肉横飞,同样的躺下去,而又滚下去。这样连续了六次。

漫山遍野的痛哭哀鸣,死者伤者堆满山谷,竖一条横一条。总计敌人死伤四千余名,连排长干部四百多名,而我们的第七连,也只剩九个人了!

敌人这一次惨败,两个师完全失掉了战斗力,一个多月,钻在"乌龟壳"内不敢越雷池一步。然而最后,终于硬着头皮还是来了。侦察地形以后下了作战命令,命令里提出赏格,谁夺下我军阵地,赏洋两万元外,还要报告蒋介石擢升团长当师长。

"究竟谁来担任呢?"大家低头。

"到底哪个去呢?"还是低头。

"你们究竟怎么样呢?"

"请师长下命令吧,该着哪团,还不是哪团!"大家这样的说。

据说,那位陈诚将军,为这事,也曾头痛过,只是在蒋介石的逼迫下,无奈才"执行命令"。

如今夺取娄山关摆在面前的这一严重任务,使大家——全体指挥员、战斗员,不约而同地回忆着当年的历史,而且慷慨激昂,在行进中,唱着当年的《高虎脑战斗胜利歌》。

"发扬高虎脑顽强抗战的精神!"

"发扬东方战线上猛打猛冲猛追的精神!"

一边高喊,一边谈笑,把人们的思想,都牵到江西革命根据地去了。

昨天下午,先遣营兵临桐梓城下,夜间友军赶到,拂晓占领桐梓。桐梓到娄山关三十里,娄山关下山到板桥四十里,板桥到遵义八十里。为了夺取遵义,曾经说过娄山关是个唯一的要点。

共产党员、青年团员们,立即在连队中活动起来。

"同志们! 为了夺取遵义,必须占领娄山关!"

"不要忘了我们十三团过去的光荣呵! 王家烈比得上十九路军吗?"

"鸦片烟鬼王家烈,领教过了!"众人嘻嘻哈哈的仍在谈笑着。

特别是活泼健壮的青年团员,短小锋利的警句刺着红色战士们的心:

"潇水渡过去了! 湘江走过了! 乌江飞过了! 苗岭爬过了! 一个娄山关,同志们,飞不过吗? 同志们,难道飞不过吗?"

"飞过去哟! 闯过去哟!"一连人传过一连人地回答。大家好像已经都生了翅膀。

"猛打猛冲猛追呀!"

"多缴枪炮,多捉俘虏呀!"

"……呀!"

"……呀!"

大马路上,浩浩荡荡,人声鼎沸,这是向着娄山关的进行曲!

忽然娄山关方向来了几个老百姓,大家互相问询:娄山关有没有白军? 有多少呢?

他们连声地回答:"有,有,有! 娄山关的来了,往桐梓来了,板桥住满了,说是还有一个师长。你们来的好,你们来的好!"带着慌张去了。

立即,挨次传下来:"快走!后面快走!一个跟一个!"这是历史上的习惯,将要接近敌人了,即使没有命令,大家自动地互相催促着,两条腿也自然而然地轻快起来了。几千双眼睛,远远地望着娄山关上尖尖的山,朵朵的云,云裹着山,山戳破了云。一幅将要作为战场的图画啊!

第二次又传下来是"不要讲话,肃静!"这才是正式命令。立刻无声,一列没有声息的火车继续向前奔跑。众人这时仅仅一条心准备战斗。

将进娄山关十里路的地方,在山上,遥远地送来一声既清又脆的子弹声,接着又是一声,接着了……接下去了,这明明是敌人了。

预期的遭遇战斗,是要夺取先机的。一向以敏捷迅速出名的第三营飞奔左翼的高山,并不费事就抢了敌人企图占领的制高点。红色战士们在轻重机关枪火网之下钻到敌人的侧翼,光亮耀眼的刺刀,在敌人阵前像几千支箭飞过去了。

山脚下是团的主力,在不顾一切地沿着马路跑步前进。指挥阵地的前进号音,冲锋号音,推动着战士们努力抢关。

途中由俘虏口里知道敌人的主力昨夜赶到板桥宿营,两个团伸出娄山关,其中的一个团又由娄山关向桐锌城前进,一个团巩固了娄山关的阵地,正是午后三点钟的时候。

在敌人是那样的出其不意,一经接触又是这样的勇猛迅速!虽然居高临下,然而首先挨了一棒。

在地形上说,我们是不利的,娄山关给敌人抢到手了,并且有一个团在固守着。他另一个与我们接触的团虽然向后转了,然而每一个山头都成了他顽抗的阵地。为要抢关,就不得不"仰攻"了,更何况我们主力还在桐梓未来呢。

"无论如何要夺取娄山关。"这是自高级首长以至普通的战斗员全体一致的意志。

右翼的山,一律是悬崖绝壁,中间马路,敌人火力封锁了。左翼的山,虽然无路,然而还可以爬!先派一个坚强而又机动的连,由最左翼迂回到娄山关之敌的侧右背。主力则夺取可以瞰制娄山关的"点金山"。点金山之高、之尖、之陡、之大、之不易攀登,是足以使敌人有恃而无恐的。

限黄昏前后,夺下娄山关!这是命令,也是全体红色健儿的意志!抢山,夺下点金山,这一艰巨的任务给了第一营。

第一梯队进入冲锋出发地,第二梯队在不远的隐蔽地集结,火力队位置于指挥阵地中对着敌人猛烈射击。冲锋讯号发出了,喊声如雷,向着敌人的阵地扑过去,一阵猛烈的手榴弹,在烟尘蔽天一片杀声中夺得了点金山。

登临点金山顶,可以四望群山,娄山关口,也清楚的摆在眼前,敌人一堆一堆的在关的附近各要点加修工事。娄山关虽然不远,然而仍须翻过两个山头,而这两个山头上,都被敌人占据着。机关枪连续地向着我们射击,这是敌人最后挣扎的地方了。

将近黄昏,加以微雨,点金山的英雄们并未歇气就冲下去,仍然扫射,仍然手榴弹的轰鸣,然而并不走。而且继续增加上了预备队。疲乏、饥饿控制着每一个人,然而并未减少他们的勇气。在团的首长直接领导之下,组织了冲锋,配备了火力。一阵猛烈射击,一个跑步,敌人后退了。但不等你稳固的占领这一阵地,他们又呐喊着反攻回来了,阵地又被敌人所恢复。第二次,第三次,第四次,终究不能奏效。大家看得清楚,有一军官,在后头督队(以后俘虏说是个旅长)。他的士兵坍下了,又被他督上来。他异常坚决,马鞭子赶,马刀砍,士兵们只得垂头丧气地跑回来。

"弟兄们,打死压迫你们的官长啊!"

"白军士兵们,你们的拼命,为的哪个呢?看你们官长,再看看你们自己!"

红色战士们于冲锋之后休息的空隙,向着白军弟兄们喊话。

"打死他吧,我们的特等射手!"指挥员的命令。于是集合了四五个特等射手,集中向着那位官长瞄准。一声"瞄准——放!"军官倒了。冲锋部队乘机冲上去。敌人好像竹竿之下的鸭子,呼哈、呼哈滚下去了。

娄山关的整个敌人,因之动摇,自取捷径各自逃去。

娄山关占领了!娄山关是我们的了!

四、长追

这时主力在桐梓,一部在桐梓和娄山关之间。由于电话不通,午夜,他们才得到占领娄山关的消息。

因为关上没有房子,而且落雨,所以留了一个营,对通遵义大道四十里的板桥警戒,主力在娄山关下的八九里处,靠着桐梓方向宿了营。

次日拂晓,大雾,对面不见人。睡梦中听到娄山关上密密的枪声。传令起床,刚要吃饭,娄山关警戒部队报告,敌人以密集部队沿大马路向我反攻,军士哨被敌占领,小哨在危急中。饭后集合将毕,又是一个报告,小哨失了,敌人逼上了娄山关口,那里只有我们两个连!

还是昨日建立功绩的第三营,口头命令他们去增援:"跑步!同志们!正是消灭敌人的机会!"

沉重的脚步声,"嚓嚓"的刺刀声,夹着战士们的喘气声,恐后争先的跑向娄山关增援第一营。面前的枪越密,他们的腿跑得越快。途中遇见了负伤下山的战士们,简单地报告他们关上的情况。而且上气不接下气的:"快呀!快呀!敌人快要到关上了!"

那是板桥来的敌人,企图恢复娄山关。以其最精锐的第四团,集团冲锋,火力之强,扑打之猛,使你不相信那会是王家烈的部队。

第一营——他们辛苦一夜了——看到第三营——生力军赶来了,更加沉着应战。第三营汗透了衣裳,紧张了面皮,在第一营的举手狂呼声中,居高临下投入冲锋了!大雾迷漫,枪刀并举,便是所谓精锐的第四团吧,怎么能拦得住呢?没有流血的,只有向后跑。第一营架了机关枪,对着背后一阵扫射。似乎并不麻烦,一齐倒地了。鲜血流入于马路两旁的沟里头。

然而这并不足以警诫敌人的官长,于是组织了第六次冲锋,轻重机关枪是抬着前进,手榴弹是由大个子投。红色战士向他们摆手:"来哟,欢迎你们上来哟!"等敌人刚刚接近于手榴弹投掷距离以内,并列的手榴弹一齐抛下去!翼侧飞出了出击部队。震天动地的杀声中,死尸堆高了,小河沟里变成了红流。"好啊,请你们再来试试哟!""第二个高虎脑啊!"

突然从敌人阵地跑过来三个士兵,背着枪举着双手,表示投降的姿态。战士们热烈的欢迎。其中有个年青的抢到首先说:"我是六军团的司号员(即号兵),经过清水江时有病掉了队,叫王家烈捉住了,在连上补了名。前天从遵义开来打你们,我听了十分欢喜,今天带他们(手指其余二人)过来了。"

人们听他说是六军团的,说不出的高兴,更加倍的亲热起来,争着上前牵着手,问长问短,连打仗都忘记了。那个司号员周旋一下之后说:"他们跑了!跑得快得不得了!打死好多,丢了更多的伤兵,你们还不赶快地追!"

同一个早晨,敌人的主力三个团,由板桥出发分右手,企图迂回侧击娄山关的左侧背,倘若奏效,娄山关必然不保。正是娄山关正面我们的第一营与敌人的第四团来回打得火热的时候,左侧翼发现枪声了,听去约有十多里远,浓雾未开,只听响声,不见队伍。正因如此,所以更着急!

军团首长的决心:以十二团接替十三团第一、三两营的任务,配合左侧主力消灭板桥之敌。军团主力——十三团、十团,出左翼,迎击板桥来敌,十一团从中央冲出去。

第十团、十二团、十一团他们昨未赶到,胜利只给友军获得,早已摩拳擦掌了!真是所谓"黄河之水天上来"。隐约发现了敌人向山上爬来,万马奔腾,包儿打开,倒下去了!你想,敌人来势虽猛,如何挡得住这一下?于是像池中的鸭子,乱竿打下,只有拖泥带水,边飞边跑,"仍从旧路归"了。那走投无路的,索性坐下,缴枪是最好的办法。战士们立即分出追击队、截击队、缴枪队、安慰俘虏的宣传队。黄昏以前到了板桥,俘虏们恭恭敬敬地排在马路边的坪上。稍息之后,战士们实行长途。

夜间,没有秩序的队伍,摆在马路上,活像发了大水的河,前呼后流,向遵义行进。虽然打了一天的仗,翻了一天的山,而且又要走夜路,可是并没有谁觉得疲劳,胜利的欢喜,挂在人们的面上。马路两边的山谷里,反应着歌声、吼声、笑声。前后左右,绞在一起,成了一窝蜂。人们简直疯了!

五、会战十字铺

梦中,电话铃声叫醒了,那是军团邓参谋长的电话:

"昨天娄山关被我击溃之敌是六、四、二十五、十六,共四个团,残部连夜退回遵义。据说遵义城南有第一团及第三团。

"我军跟踪追击,以占领遵义之目的。你们立即起床、吃饭、出发。

"十一团为前锋,你们随后跟进……"

黑夜行军,众人腼腆些了,天刚见光,就又不太平起来,又是议论纷纷。前卫十一团,都恨没长翅膀,拼着两条腿,跑啊,追啊!张着大口,准备吞下敌人。经过敌人昨夜休息的村庄,是那样的不成样子,狼狈的景儿,又好笑,又好气!

一带短山横断了马路,山上摆着敌人,而且还响着枪,十一团的首长估计是敌人的掩护队。"这不一口吞下去?"两个营还没展开,先头营就冲上去了,然而敌人不打算走。

"你总会跑的吧!"大家这样想。集结两个营,又冲上去,然而敌人依然如故,而且轻重机关枪更猛烈了。终于因为后续部队赶不及,敌人乘机反冲锋。因为过于恨心了,张政委一个人跑到最前面的连里,敌人一个营实行反冲锋,这个连寡不敌众,又无地形利用,于是坍下来了。落在后尾的张政委不得不打手枪。边打边退,敌人是边打边进。

当他们前进的时候,一个青年战士同着他的哥哥并行着。半路上他的哥哥被一颗子弹打死了,他并不回顾一下,仍然扬长前进。现在退回时,张政委回头又看见那个青年战士跟在后头。敌人紧紧追来,大喊呀!"小赤匪不要跑,捉住你!"大概是想"生擒"吧?并未打死,我们的青年战士从从容容地一边夹着短马枪,一边闪一闪身回答说:"你来呀!"

可爱呀,我们的坚强的沉着的红色青年!

六、遵义,终于拿下了! 兵临遵义城下

探报,敌人薛(岳)吴(奇伟)纵队已渡乌江,明天或者后天,有

到达遵义的可能。在他们到达遵义之先,占领遵义是目前迫切的任务。高级首长,面带焦急而又坚毅之色,决定夜间攻城。

那天下午,十一团担任的一面,战士们接近城墙了,城里无动静,隔几分钟放一冷枪。大家好奇心盛,来一个"冒险的尝试",架起人梯一个挨一个爬进城去。在城外的,万目睽睽,提心吊胆的看他们。不久,又一个挨一个的爬出来了。原来里面还有一道更高的城墙。

黄昏以后,遵义的新旧两个城顿时改了面目,变了态度,既无光又无声,活像一座荒城,间或听到一声冷枪。

攻城部队决定为十三团、十二团。天黑得很,对面看不见人。两团各派出两个连为爬城队,后头的接着前头的衣襟,一条蛇似的蜿蜒着,依照白天指北针对正的方向摸向城边来。

突然间一阵猛烈的枪声,夹杂着吼声,既没看见预先约定的信号枪弹,又没有看见放火,究竟进去了没有?大家在黑暗中望着。

原来首先进去了一个排,敌人于黑夜之间,不晓得来了多少人马,何况又都是惊弓之鸟呢?于是措手不及,有的找了暗处换了便衣,有的沿着走熟了的出城门的街道挤出去了。偌大一座城,继续进去两个连,简直不中用,而后续部队又联络不到。大家只得摆一个"麻雀阵",东两西三,一堆一堆的对着敌人退却部队黑暗中射击。只听见敌人慌张的脚步声,相撞之下丢弃的辎重声,继续三四个钟头。天将拂晓,红军的大队进城了,白军的尾巴还没有完全离开城门口哩!

遵义终于拿下了!

那是一九三五年三月的事。

广西瑶民①

一、山瑶

从湘南转入广西的灌阳兴安了。几天来,我们见了不少背着索网似的袋子,穿着草鞋,赭赤的脸,黑的手脚的人。

他们在那"羊儿站不住脚"壁立似的山上耕种着。

蜿蜒的"蛇"路,竖梯般的岭,他们不喘气的飞跑着。

深远的山上,矮小的木房子门口,男的女的大的小的……在那里凝神地俯视山脚下奔流的人群。

奔流的人群中,发出粗大的呼声:

"瑶家兄弟:下山来打李家粮子去!"

"分汉家团总的东西去呵!"

山上耕地的人伸直脊骨了,梯子岭上走路的人回首了,木房子

---

① 本文作者为郭滴人。郭滴人(1907—1936),原名上宾。福建龙岩湖洋村人。是闽西红军和苏区创始人。童年在家乡读小学,后到厦门集美学校读书。1924年回家乡担任小学教师。1926年春赴广州农民运动讲习所学习,改名滴人,因立志"要点点滴滴为人民"。1926年6月加入中国共产党。1936年11月18日病逝。

门口的人也浮动着——但是没有回音。

我们的同志起兴了,跑向山上去找他们。

到宿营地不久,找来了一个瑶人,深圆的眼,短阔的下颚,赭赤的脸,粗黑的手脚,挺露着肋骨可数的胸。

同志们殷勤地请坐请吃茶,从衣袋取出纸烟请吃烟,但他不回答,也不接受,沉默地把背后的木烟斗抽出来,从容的装上烟。燃烧着,坐在门边的石头上。

"我们是红军,不是李家粮子,不怕!"一个同志首先发言。

他鼻孔里出烟雾,点着头。

"你懂得汉话吗?"

"不懂得汉话,我就不得下市镇去买东西。"他打着相似湘南腔的汉话。

"你的衣服同汉人差不多。"

"没有穿这衣服,我们就不得到市镇上来。"提了一下他的蓝短衫。

"是的,我刚才看了一张团总的布告:'照得山野瑶民,风俗鄙陋,往往奇装异服,走入村镇,实属有碍风化,以后瑶人,走入村镇,须穿汉服,违者拘缉!"那个找他来的同志这样背书式替他证明。

小同志端着饭来了:

"瑶家兄弟请吃饭!"

他不客气的接过去就吃。

周围的人,凝神看他吃饭的动作。小同志耐不住地发问了:

"你家里吃什么?"

"吃苞谷!"

"为什么不吃大米呢?"

"山上种不得!"

"为什么不到村镇上种田呢?"

他嚼着饭,眼盯在小同志的身上,露着惊异的苦笑。

二、红瑶

这天我们在中洞附近休息。我到村庄的角落,走进木房子去。一个老年的瑶人,在地板中间的火盆旁烤火,口里吸着旱烟管,浓浊的烟气,和着房子里另一种气味,在寒冷的空气中,紧围着我们。老人很和蔼的招呼我们一齐烤火。

"我是红军,要来找你们做朋友的!"

"是的,我很早就听说红军要来。红军同李家粮子不同,不杀人,不派款,好的很!"

"为什么镇上有些人跑走了呢?"

"这里的团总、保甲长要我们跑,说不跑的就是通红军,他们回来后这些人全家都要杀……我们家里人这几天也不敢下村镇来看你们,恐怕他们说我通红军。"

老人说着,随又回转头向隔着木板的小房子内叫唤泡茶。不一会一个青年少妇端着一碗茶送过来。

莹耀的眼,红润的脸,丰满的肌肉,穿着边上多种颜色的宽大的衣,团团围叠的裙,打着赤脚……呵!瑶婆姨;山村的美妇人呵!……

……

(本文未完,因为作者已经永远搁笔了。)

瓦布梁子[1]

一、奉令筹粮

四方面军会合进至黑水、芦花后,第一件大事就是筹粮。因此,当时军委有筹粮委员会的组织,在毛儿盖与芦花城各设立一筹委,我是参加芦花城筹粮委员会的一个。芦花粮委担任筹六十万斤粮食的任务,我们计划在几个出产粮食的中心区域,分头进行。我就担任了瓦布梁子的一路。当天计划好一切,第二天便随一班武装,匆匆的经芦花城出发了。

二、芦花城到瓦布梁子

芦花城到瓦布梁子,沿黑水东下,计三日路程。一路只闻水

---

[1] 本文作者为贾拓夫。贾拓夫(1912—1967),陕西神木人。原名贾耀祖,曾用名贾元、拓夫等,字孝先。八届中共中央委员,原国家计划委员会副主任,党组副书记。

声,不见人迹,黑水两岸,皆峻岩绝壁,望之生畏;绿草道上,人烟稀少,感无限寂寞。当时,已疑我到了《西游记》里什么地方。头天我们到了以念,彭司令员在那里住,闲谈半晚,毫不疲倦。

第二天又循黑水前进,景象与前日无异。唯行至一处,不知何名,见四方面军有一排人住在对岸,正往来渡一"绳桥"。所谓绳桥者,乃一根粗绳,横贯两岸,另以一细绳悬一草篮,人坐篮中,由岸上数人用力抽拉,绳拉一下,篮进一节,约需一刻钟,篮才经此岸到达彼岸。此种绳桥,为我平生罕见,所以我在马上呆呆的看了好久,才离开那里。这天到维古宿四军政治部,吃了一餐其味无比的牛肉面条。

第三天离开维古,行不久,即弃黑水而南,爬上了高约二三十里的大山。山腰一段,树木遮天,寒风袭人,不得不下马步行。一路恐遇袭击,子弹不离枪膛,时刻准备战斗。上山行约三十余里,始到瓦布梁子,所幸一路无事!

三、瓦布梁子

瓦布梁子是一条很高的山岭,站在山顶向四周一看,但见黑水如带,万山纵横,黄绿田禾,错杂其间,别有一番景致。瓦布梁子周围,有十几个村庄,数百户藏民。藏民所居房屋,均为石块建筑,二层或三层,远望去有如上海之洋楼。此为黑水、芦花一带较富庶之区,产有大麦、小麦、荞麦、洋芋、萝卜、猪、牛、羊等。并产盐,因离汉地较近,故此处藏民不似芦花一带之野蛮,且通汉话者颇多,但风俗习惯,与芦花大致无异。

四、争取藏民

四方面军一部经杂各老入芦花,曾道经瓦布梁子。当时这里藏民,皆逃避于深山老林,后来找到一个通司(即翻译)名"七十三"者,曾到过成都。此人为我们出力不小,经过他,宣传争取了一部分藏民回来。我到瓦布梁子以后,为了保证粮食计划的完成,更用大力进行争取藏民的工作。我们出了保护藏民的布告,在藏民田里插了保护牌,责令一切部队不得任意侵犯。凡是回家的藏民,每家都发了保护证,使其安心生活。我们并派人到各村去召集藏民开会,经过通司翻译给藏民听,宣传红军的主张。这样一来藏民回来的更多了,对我们的态度也更进了一步,不但不怕我们,而且喜欢和我们接近,常跑到我们粮委会住的地方来谈话,问长问短,竟无拘束。他们对共产党红军的了解很模糊,但晓得我们对他们很好,送我们东西吃,帮我们补鞋子,也非止一次。我们一两个工作人员,在这区域走来走去,也未遇到什么危险,好似在革命根据地一样。

五、藏民人民革命政府的出现

因为我们在藏民中影响的扩大,以及藏民与我们关系的进步,我们就扩大宣传,号召各藏民起来反对汉官军阀的压迫,组织藏民自己的人民革命政府。这一宣传得到广大藏民的赞成,于是我们就着手进行组织,召开各部藏民大会,成立人民政府。计前后组织了六个乡人民政府,用民主方式,推举了代表及主席。代表、主席胸前都配着红布条,上写"某某主席"或"某村代表",当主席及代表的均引以为荣。很出力帮助红军,在藏民中办事情,有什么事也向我们的地方报告讨论和解决。我记得有一次,不知哪部分把一个主席的牛赶了几条,这个主席就跑到我们粮委来报告,我们当时把牛交还了他。这主席感激得真不知怎样才好,一般藏民也都齐声说好。最后我们召集六个人民政府的代表会,成立瓦布梁子区藏民革命政府,并还准备建立他们自己的武装。于是瓦布梁子另变了一个模样,到处飘扬着自由解放的鲜红旗帜。

六、筹粮熬盐

我们在瓦布梁子一带筹集了不少的粮食。办法是采取向藏民中富豪之家"借粮"。藏民中有为大家所不满和痛恨的"恶霸",我们发动藏民去割他田里的麦,割下来藏民一半帮助红军一半。我们自己也组织了割麦队到各处割麦,割下再打出来。参加割麦队的同志有二三百人之多,半个月就完成了筹粮计划。除了筹粮外,我们还在那里进行熬盐,分三个地方熬。因人少,每天只能出五六斤盐,但这也给了部队很大的帮助,使很多部队没有断过盐吃。

七、藏民运粮队

为了供给前方部队的需要,要把瓦布梁子所筹集的粮食,除了经过部队带的而外,还要运到芦花万余斤。这件工作只靠我们部队是不够的,因此我们动员了六个乡的藏民,组织运粮队,帮助红军把存瓦布梁子的粮食运维古粮食站,再转芦花。参加运粮队的藏民有百余人,有男有女有大有小,共分两队,并两个路线运送。这些帮助红军运粮的藏民均表现积极热心,不辞劳苦,不要报酬,自带"糌粑"路上打尖,甚至有全家都来为红军运粮者。此种情形为黑水、芦花所少见。

八、离开瓦布梁子

当我们离开瓦布梁子时,许多藏民不愿意我们走,还有拿着酒壶来送行的。他们说:"你们真好,为什么就走呢?你们走了,我们不晓得将来怎样。"我们都一一抚慰了。在老衙门所存的几千斤粮食,我们走时,一下都发给了藏民。藏民有从一二十里路上来背粮的,你争我夺,十分高兴。我们虽然离开瓦布梁子,但是红军在瓦布梁子藏民中,是留下很深的印象了。

附录一：长征路径

长征的线路

长征战略转移时路线：瑞金出发—挺进湘西—冲破四道封锁线—改向贵州—渡过乌江—夺取遵义—四渡赤水河—巧渡金沙江—强渡大渡河—飞夺泸定桥—翻雪山—过草地—到达陕北吴起镇—甘肃会宁会师（长征胜利的标志：红一、二、四方面军三大主力会师）。

长征经过的省份

按长征时的行政区划和习惯称谓，红军长征经过的省、自治区为11个：江西（赣）、福建（闽）、广东（粤）、湖南（湘）、广西（桂）、贵州（贵或黔）、云南（云或滇）、陕西（陕或秦）、四川（川或蜀）、西藏（藏）。

附录二:长征中的经典战役

湘江战役

意义:

湘江战役以损失惨重的胜利宣告了"左"倾教条主义军事路线的彻底破产。

经过:

1934年,为了歼灭红军于"湘漓两水以东地区",国民党军投入了大量的军力,在湘江以东部署了一个大包围圈,打算自东向西收缩,靠兵力和装备的优势,将中央红军歼灭。11月27日至12月1日,中央红军为突破国民党军的第四道封锁线,粉碎蒋介石围歼中央红军于湘江以东的企图,在湘江上游广西境内的兴安县、全州县、灌阳县,与国民党军苦战五昼夜,在28日到30日间,以极大的代价保住了向湘江前进的通道。

从12月1日凌晨开始,经过激烈的惨斗,到中午时分,红军主力最终从全州、兴安之间强渡湘江。

但是,中央红军为此付出了惨痛的代价。部队指战员和中央机关人员由长征出发时的 8.6 万余人锐减至 3 万余人。

　　湘江战役是中央红军突围以来最关键、最壮烈,也是损失惨重的一仗。湘江惨胜直接导致在遵义召开中共中央政治局扩大会议,史称"遵义会议"。它是红军在四处碰壁、身处绝境时召开的,标志着中国红军翻开崭新的一页。

乌 江 战 役

　　意义:

　　突破乌江天险,成为红军转变战略方向后的第一次胜仗,使红军打开长征新局面。

　　经过:

　　湘江战役之后,虽然中央红军突破了敌人的封锁线,并开始向敌人力量薄弱的贵州进军,但国民党军调整部署后对红军穷追不舍。而这时阻拦红军前进的不光有贵州的国民党军队,还有乌江天险。所以中央红军必须强渡乌江,摆脱敌人的追击。

　　1935 年 1 月 1 日,左路先遣队红一军团第二师第四团逼近江河界口,发现渡口大道是敌人防御的重点,遂决定佯攻渡口大道,主攻渡口上游的小道。在强渡未成的情况下,于当日晚间改为偷渡;2 日上午,第四团强渡成功,经过激战,击溃敌军防守,下午占领黔军"前敌总指挥部"所在地珠场(今珠藏);3 日,军委纵队和红五军团相继渡过乌江;4 日,红一军团主力及红九军团由此渡江完毕。随后,红三军团第十团也在茶山关渡过乌江;6 日,中央红军全部渡过乌江。乌江战役中,中央红军击溃了国民党军黔军 3 个团。

四 渡 赤 水

意义:

毛泽东一生中的"得意之笔",是长征史上以少胜多、变被动为主动的光辉战役。

经过:

遵义会议之后,国民党派出约 40 万重兵围追堵截中央红军。为了摆脱敌人的追击,脱离敌军重兵压境的遵义地区,中央红军决定攻占被川军占领的赤水城,北上渡江。

一渡赤水。中共中央和中央革命军事委员会根据敌人兵力不断增加的形势,决定让中央红军由遵义地区北上,在四川省泸州以西的蓝田坝、大渡口、江安一线北渡长江,进至川西北建立新的革命根据地。后因形势变化,中央红军果断改变由赤水北上渡江的计划,立即撤出战斗,西渡赤水河,向古蔺以南地区前进,寻机北渡长江。

周恩来亲自带领人员选择架桥地点。经过周密部署,1935 年 1 月 29 日,中央红军成功地西渡赤水河。

二渡赤水。通过对敌军力量布局的判断,中央红军决定迅速转兵东进,二渡赤水河,再次向黔北进军,以摆脱国民党军的夹击。

这个决定,是在敌强我弱的形势下,制定出的灵活机动的作战方针。2 月 18 日至 21 日,在完全出乎国民党军意料的情况下,中央红军由太平渡、二郎滩等渡口第二次渡过了赤水河,接着向敌军兵力空虚的桐梓地区进军。

再占遵义。中央红军第二次渡过赤水河后,中央军委命令部队迅速击破国民党黔军的阻拦。2月25日晚,经过激烈的战斗,中央红军顺利攻占娄山关。红一、红三军团,趁胜向遵义方向追击。2月27日黄昏,红一、红三军团奋力发起攻城战斗;28日清晨,红军重新占领遵义城。这一胜利极大地鼓舞了全军的士气。连蒋介石都不得不承认,这是国民党军追击以来的奇耻大辱。

三渡赤水。红军占领遵义之后,就在国民党军误以为红军必将长期驻扎于此时,中央红军却决定再寻战机。3月15日,中央军委下达了三渡赤水的命令。中央红军由茅台及其附近地区,向古蔺、叙永方向前进,摆脱了敌人,再次出现在川南。

四渡赤水。国民党军再次判断失误,以为红军又要北渡长江,急忙调整部署。正当各路国民党军向川南疾进之际,中央红军却毅然决定回师东渡。3月20日,中央军委发布四渡赤水河的命令,分别经二郎滩、九溪口、太平渡隐蔽迅速地移动,第四次渡过了赤水河。

中央红军再次渡过赤水河,令国民党军惊慌失措,从而又误判了红军的行动。他们集结力量在遵义,企图将中央红军一网打尽。然而3月27日,红九军团伪装主力,向长干山、枫香坝地区佯攻,真正的主力却于28日由鸭溪、白腊坎之间,进入乌江北岸的沙土、安底地区。31日,分别由江口、大塘、梯子岩等处南渡乌江,进至息烽西北地区。

至此,中央红军已彻底跳出了国民党军苦心设计的包围圈,摆脱了敌人的围追堵截。

巧渡金沙江

意义：

跳出了数十万敌军围追堵截的圈子，实现了中央红军渡江北上的战略方针。

经过：

中央红军南渡乌江后，决定乘胜西进云南，抢渡金沙江。

在当时敌我力量悬殊的情况下，硬碰硬不是最好的选择，为了迷惑敌人，赢得战机，中央军委决定"声东击西"。中央红军佯攻贵阳、昆明，以巧妙地将敌人引开。

实际上，"西进云南，抢渡金沙江"才是中央的战略方针。为了实现这一方针，必须调走滇军，扫除障碍。

经过周密的部署，红军削弱了滇北各地和金沙江南岸的防御力量，为红军抢渡金沙江创造了有利条件。

金沙江位于长江上游，长江在此从海拔五六千米的昆仑山南麓、横断山脉东麓倾斜而下，水流湍急。其中的皎平渡位于四川会理县和云南元谋县交界处，是敌人阻止中央红军北上的一大险关。

红军到达皎平渡口时，不惜一切代价抢夺船只，准备渡江。但一开始，只有 2 条船，而在急流中往返一次需耗时 40 分钟，一整天才能载一千二百名左右的红军渡河。后来，红军在船民的帮助下又找到了 5 条船。中央红军就靠这 7 条小船，花了九天九夜，才全部渡过河去。

尽管耗时许久，但因为国民党军中了中央红军的调虎离山之计，等他们匆匆赶到时，所有船只已经烧毁，而红军早就顺利地渡过了金沙江。

强渡大渡河

意义：

创造了红军战史上大规模强渡大河作战的范例，为中央红军北上开辟了一条新的通道。

经过：

1935年5月上旬，中央红军巧渡金沙江后，继续沿会理至西昌大道北上，准备渡过大渡河，进入川西地区。国民党军立刻加强大渡河以北的防御力量，企图凭借大渡河天险南攻北堵，围歼中央红军于大渡河以南地区。

5月24日晚，中央红军先头部队战士到渡口下游，接近安顺场后，突然发起攻击，经过20多分钟的战斗，击溃川军，占领安顺场，并在渡口附近找到1只木船。

25日晨，红一团开始强渡大渡河。中央红军挑选了17名勇士组成渡河突击队，并制订了渡河方案。7时，强渡开始，岸上轻重武器同时开火，掩护突击队渡河。第一批9人先渡河，接着第二批8人再渡河。17名勇士冒着川军的密集枪弹和炮火，在激流中前进。最后，17名勇士战胜了惊涛骇浪，冲破了敌人的重重火网，登上了对岸。

17名勇士击退了川军的反扑，控制了渡口，后续部队及时渡河增援，击溃了敌军，巩固了渡河点。

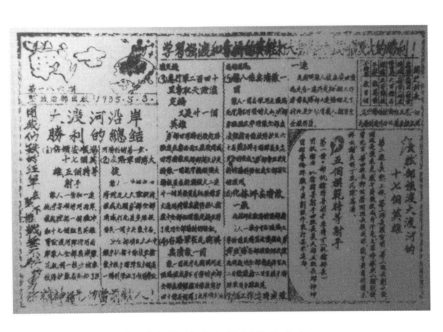

报道红军强渡大渡河的油印报。

飞夺泸定桥

意义：

让共产党的中坚力量得以保存，是战略性的胜利。

经过：

1935年5月25日，红军在安顺场强渡大渡河后，如要用仅有的几只小船将几万名红军渡过河去，最快也要一个月的时间。然而国民党军紧追不舍，形势十分紧急。在这种情况下，中央军委于26日上午果断做出决定，夺取泸定桥。

5月27日清晨，红四团在团长王开湘、政委杨成武的率领下，从大渡河西岸的安顺场出发，向泸定桥奔袭。

29日6时左右，红四团赶到泸定桥边，并占领了西桥头。泸定桥是一座由13根铁索横拉两岸的铁索桥，桥上的木板已经被敌军抽掉，只剩下玄黑冰冷的铁索，在湍急的大渡河上高悬。

红军选了22名勇士组成突击梯队，由他们打头阵，先行上桥，边往前冲，边在桥上铺设木板。

下午4时，红军发动总攻。经过激战，在敌人的子弹和火焰面前，英勇无比的红军战士最终还是夺下了泸定桥，中央红军主力渡过了大渡河。

包 座 战 役

意义：

包座战役是红一方面军和红四方面军会师之后取得的第一次

重大胜利,它的成功帮红军扫清了北上的障碍,打开了向甘南进军的门户,使得国民党军企图把红军困在草地的阴谋彻底破产。

经过:

1935年8月,中央红军和红四方面军混编成左、右两路军,踏上北上的道路。8月底,他们克服重重困难,走出了草地,到达班佑、巴西地区。距离班佑、巴西地区100多里的包座,是北上通往甘南的必经之路。国民党军早已派出1个团的兵力在此驻守,企图将红军歼灭于此地。

8月29日,红军按照部署,开始向大戒寺进攻。30日夜间,国民党军增援部队到达大戒寺以南。为了使他们全部进入红军埋伏圈内,红军略作抵抗,佯装撤兵到大戒寺东北。

31日,国民党军进入包座地区,埋伏在包座西北高山密林中的红军主力发起突袭,经过激战,将敌军全部歼灭。

乌蒙山回旋战

意义:

乌蒙山回旋战是中国战争史上灵活用兵、巧妙突围的著名战役,打破了国民党军重兵围歼中央红军的计划。毛泽东称其胜利为"了不起的奇迹"。

经过:

1936年2月,国民党中央军、川军、滇军,企图围歼在贵州黔(西)大(定)毕(节)开辟根据地的红二、红六军团,消灭红军主力。

面对国民党军近乎十倍于己的兵力,中央红军决定避敌锋芒,先到黔南安顺地区创建临时根据地,再伺机东进至湘黔边地区活动。

2月27日,红二、红六军团离开毕节进入乌蒙山区,正式拉开了回旋战的帷幕。红军一进入乌蒙山,国民党军的兵力就跟了上来,红二、红六军团遂决定先由毕节、威宁大道向西转移,给敌人造成错觉。可是,国民党军看穿了红二、红六军团的意图,截断了由毕节前往安顺的道路,企图将红军围在金沙江以东的川滇黔三省交界地区歼灭。

红二、红六军团在判断形势后,决定部队继续西进,抢在国民党军之前赶到赫章西南、威宁东北的妈姑地区,之后伺机向南,经狗店子进入滇东的南北盘江之间地区。

但是国民党军再次破坏了中央红军的计划。3月4日,当红军到达妈姑、回水塘地区时,一方面,追击的一部分国民党军已进至水城、威宁之间,截断了红军南进的道路;另一方面,还有一部分国民党军在西面做好了堵截的准备。

再次判断形势后,红二、红六军团果断放弃原先的计划,改道向西北前进,于6日进至云南彝良县奎香镇地区。国民党军立刻派兵追击,但出乎他们意料的是,红二、红六军团于3月8日突然由奎香南返,在威宁以北的以则河伏击歼灭国民党军2个连,接着又迅速返回奎香地区。

接着,中央红军向北经乌沙寨、放马坝以东,直奔滇东北的镇雄而去,进至牛场后又转入深山,沿山路向东南绕行,打算从镇雄以南摆脱敌军,然后南下去安顺地区。

此时,一路追击的国民党军打算将红军歼灭于镇雄西南的大山中。可是,红二、红六军团于3月9日、10日先后突破了国民党军在分水岭、广德关的两道防线,让他们的如意算盘落空。不过,中央红军继续南进的道路尚未打通,红军只能由得章坝向西转移。

中央红军在冷静判断形势之后,决定向南突围,再次折返西北方向。3月16日,红军第三次进入奎香地区,并于17日穿过国民党军防线南进,直趋滇东。

3月23日,中央红军在来宾铺城北的虎头山战斗中歼灭国民党军400余人,同时将国民党军主力大部诱敌至东面,而红军主力则沿乌蒙山东麓继续南下,至月底,分别攻占滇黔交界的盘县、亦资孔地区,进至南北盘江流域之间。待国民党军反应过来,红军早已远走高飞了。

激战腊子口

意义:

腊子口战役打开了中央红军北上的通道,粉碎了国民党军利用自然天险歼灭红军的阴谋。

经过:

1935年9月13日,红一方面军主力从俄界、罗达地区出发北上,向甘南腊子口前进。

腊子口位于甘肃迭部县东北,是四川通往甘肃的重要隘口。而此时,国民党军已在进入腊子口的唯一通道布置了重兵,打算封死红军北上的路。因此夺取腊子口,是突破敌人封锁、进入甘南的关键。

9月16日下午,红军先头部队在腊子口向敌人进攻,但遭到敌人的顽强抵抗,被挡了回来。

对于如何突破腊子口,红军召开了战士大会,重新研究作战方案。最终他们决定兵分两路,一路从正面趁夜突袭,夺取木桥,如果偷袭不成就连续发动进攻,消耗敌人的子弹与体力;另一路则悄悄地迂回到腊子口右侧,攀登陡峭的崖壁,绕到敌人后面去。

迂回部队在一名外号"云贵川"的苗族小战士的带领下,陆续爬上了腊子口的绝壁,突然出现在敌人面前,打得他们措手不及。

在迂回部队的辅助支持下,正面总攻部队也开始过河。经过两小时的拼杀,红四团突破了国民党军的防御体系,占领了敌人堆满弹药的物资仓库,随后向敌人发起了更猛烈的进攻。又经过一个多小时的冲锋,国民党军全军溃败,红军占领了天险腊子口。

直罗镇战役

意义:

直罗镇大捷巩固了陕甘革命根据地,为党中央把全国革命大本营放在西北举行了"奠基礼"。

经过:

1935年10月,中国工农红军陕甘支队到达陕甘苏区。11月初,陕甘支队与陕北的红十五军团胜利会师,恢复了红一方面军的番号。其中,红一、红三军团合编为红一军团,红二十五军、陕甘红军组成红十五军团。

蒋介石得知红军主力到达陕北的消息,大为震惊和不安。为了在红军立足未稳之际消灭红军,蒋介石立即调遣大批国民党军前来进攻。

国民党军计划大军东西对进将红军围剿于葫芦河、洛河之间地区,于是11月1日,国民党军先头部队4个师由甘肃庆阳、合水经太白镇沿葫芦河向鄜县东进,其中2个师当日进占太白镇。6日,国民党第六十七军第一一七师由洛川进至鄜县,配合先头部队东进。

毛泽东则集合刚刚会师陕北的各路红军,利用直罗镇的地利,诱敌入"口袋",然后一举歼灭。

11月20日,国民党军4个团在6架飞机的掩护下,沿葫芦河向直罗镇逼进。其中一支队伍一直追击到直罗镇。毛泽东立即下达命令,红一军团从北向南、红十五军团从南向北,在拂晓前包围了直罗镇的敌军。红军两个军团协同作战,经过激烈的战斗,共歼敌1个师1个团,取得了重大胜利,沉重打击了国民党军的嚣张气焰。

1936年,美国记者埃德加·斯诺在宁夏与强渡大渡河的勇士等合影。

附录三：长征中的重要会议

通 道 会 议

1934年12月12日,中共中央在湖南通道召开临时紧急会议。会议听取了毛泽东的意见,改变了原定的去湘西同二、六军团会合的路线,而取西入贵州。会上虽然没有就战略方针的转变问题取得一致意见,但促进了对这个问题的探讨。

黎 平 会 议

1934年12月18日,中共中央政治局在贵州黎平县召开会议,再次接受了毛泽东的意见,放弃了北上东进与红二、六军团会合的计划,而改向黔北的遵义进军。

这次会议确定了向贵州转兵的战略决策,是促进战略转变的关键会议。

猴场会议

1934年12月31日至1935年1月1日,中共中央政治局在贵州瓮安县猴场镇召开会议,通过了在川黔边展开战略反攻、建立新的革命根据地的决定。

这次会议再次否定了李德等人回头东进与红二、六军团会合的错误主张,作出《关于渡江后新的行动方针的决定》,初步形成以毛泽东为核心的军事指挥中枢,为遵义会议的成功召开奠定了基础。

遵义会议

1935年1月15日至17日,中共中央在贵州遵义召开政治局扩大会议,批判了博古、李德的错误军事路线,毛泽东重新回到了中央领导岗位上。

这次会议纠正了当时具有决定意义的军事上和组织上的错误,确立了以毛泽东为代表的党中央的正确领导,使党中央和中央红军得以在极其危急的情况下保存下来,打开中国革命的新局面。这在党的历史上是一个生死攸关的转折点。

"鸡鸣三省"会议

1935年2月4日至5日,中共中央政治局在四川、贵州、云南三省交界处的一个村庄(尚未确切考证)召开会议,决定反攻遵义,同时博古向张闻天正式交出中央领导权。

这次会议上毛泽东实际进入了军事决策层,结束了"左"倾路线,对中央红军的行动作出了正确的决策,并对革命根据地的革命和斗争进行了部署。

扎西会议

1935年2月6日至9日,中共中央在云南扎西召开政治局会议,通过了遵义会议决议,决定恢复敌占区工作,总结了土城战役失利的原因,重新整编了红军并确定了回师遵义的战略方针。

这次会议可谓是遵义会议的继续和最后完成,为实现长征中的战略转变,进行了切实的指导和部署。这次会议之后,开始了以张闻天负总责任和以毛泽东领导全党全军的新格局。

白沙会议

1935年2月15日至16日,中共中央在四川古蔺白沙召开政治局会议,决定中央红军二渡赤水。

苟坝会议

1935年3月10日,中共中央在贵州遵义县苟坝村召开政治局扩大会议,讨论了是否进行打鼓新场战役,并确定由毛泽东、周恩来、王稼祥组成军事决策三人团,进一步巩固了毛泽东的领导地位。

会理会议

1935年5月12日,中共中央在四川会理县召开政治局扩大会议,毛泽东在会上批评了部队中的"右倾情绪",并点名批评了彭德怀、林彪、刘少奇、黄克诚等人。

这次会议统一了中央红军的战略思想,进一步巩固了遵义会议的成果,是遵义会议精神的延续。

磨西会议

1935年5月29日,中央红军在磨西镇召开了会议。会议上制定了攻打泸定桥的作战方案,通知部队有序通过泸定桥,先过人再过马;决定派陈云到上海恢复被敌人破坏的党组织,去苏联向共产国际汇报中国革命情况等。

这次会议为后面的泸定会议奠定了基础,长征在此关键时刻选择了正确的道路。

泸定会议

1935年5月31日,中共中央在四川泸定县召开政治局常委会议,决定中央红军过雪山与四方面军会合,并且由陈云去上海恢复白区地下党组织。

这次会议是红军过雪山的由来。

两河口会议

1935年6月26日,红一、红四方面军会师后,中央政治局在四川小金县城两河口召开会议,决定红军北上陕甘建立根据地,实施松潘战役。

本次会议确定了红一、红四方面军共同北上建立川陕根据地的战略方针。

芦花会议

1935年7月21日至22日,中共中央政治局在四川黑水县(亦称芦花县)召开扩大会议,任命张国焘为红军总政委,并集中讨论了四方面军的工作问题。

本次会议全面总结了红四方面军的历史经验,对于增进红一、红四方面军之间的相互了解和团结,统一部队组织与指挥,起了一定的作用。

沙窝会议

1935年8月4日至6日,中共中央在四川毛儿盖地区的血洛寨(藏语叫作沙窝)召开政治局扩大会议。会议主要有两项议程:

一是讨论红一、红四方面军会合后的形势与任务;二是讨论组织问题。

本次会议重申了两河口会议的北上战略方针,进一步加强了红一、红四方面军的统一,坚定了创建陕甘根据地的必胜信心。

毛儿盖会议

1935年8月20日,中共中央政治局在四川毛儿盖召开扩大会议,决定左右两路军迅速执行北上东进的发展计划。

这次会议是两河口会议、沙窝会议的继续和发展,明确了红军主力的发展方向,克服了张国焘的分裂主义带来的危害。

牙弄会议

1935年9月8日,中共中央主要领导人和徐向前、陈昌浩在四川阿西牙弄召开非正式会议,决定联名催促张国焘及左路军尽快北上。

这次会议在红军长征史上乃至中国革命史上都有着极其重要的作用和地位,对中国革命的历史进程影响深远。

巴西会议

1935年9月9日,中共中央政治局在识破张国焘分裂党的阴谋后,在四川巴西召开了政治局紧急会议。

会议分析了红一、红四方面军会师后张国焘分裂党和红军,抗拒中央命令的种种表现,分析了张国焘倚仗优势兵力,妄图凌驾和危害党中央的危险处境。会议决定采取果断措施,立即率红一、红三军和军委纵队一部,组成临时北上先遣队,到阿西集合,继续北上。会议还决定以后右路军统归军委副主席周恩来指挥,并委托毛泽东起草《中共中央为执行北上方针告同志书》。

巴西会议又一次将红军从危机中解救了出来,是决定党和红军前途命运的一次关键会议,在中共党史上有着重要的历史地位。

俄界会议

1935年9月12日,中共中央在四川迭部县高吉村(亦称俄界)召开政治局扩大会议,作出了《关于张国焘同志错误的决定》。

本次会议扭转了张国焘搞分裂造成的危局,保证了北上方针的实现。

榜罗镇会议

1935年9月27日,中央政治局在甘肃通渭榜罗镇召开会议,决定红军长征的最终落脚点为陕北。

本次会议解决了俄界会议遗留的在陕甘建立革命根据地的具体目标的问题,确定了保卫与扩大陕北革命根据地的重大战略决策,这对于党中央把陕北作为抗日的前沿阵地和领导中国革命的大本营具有决定性的意义。

吴起镇会议

1935年10月22日,中央政治局在陕西省赤安县吴起镇召开会议。会议总结了俄界会议后红军的行动,确定新形势下陕甘支队的行动方针,决定党和红军今后的战略任务是建立西北革命根据地,以领导全国革命,从而宣告了中央红军长征的结束,开创了党中央把全国革命大本营放在陕北的新的历史时期。

本次会议对团结西北革命力量起了重要作用,并为中国共产党由土地革命战争向民族革命战争的转变和党在西北地区开始建立抗日反蒋统一战线,做了重要的准备。

瓦窑堡会议

1935年12月25日,党中央在陕北瓦窑堡召开了中央政治局会议。会议主要分析了华北事变后国内阶级关系的新变化,讨论了关于建立抗日民族统一战线、建立抗日联军和国防政府等问题,批判了党内长期存在着的左倾关门主义的观点,决定了建立抗日民族统一战线的策略。

会议通过《中央关于军事战略问题的决议》《关于目前政治形势与党的任务决议》等决议案。

瓦窑堡会议是遵义会议的继续和发展,是从土地革命战争时期到抗日战争时期中国共产党召开的一次极为重要的会议。这次会议表明中国共产党已经成熟起来,能根据中国国情创造性地制定方针与政策。